有栖川有栖

有栖川有栖

瑞士手錶之謎

有栖川有栖◆著
楊明綺◆譯

W&K
Publishing

【導讀】

有栖川有栖的國名系列作品

◎傅博（推理評論家）

◆概說有栖川有栖的國名系列

從有栖川有栖自稱是「九〇年代的昆恩」這句話，不難看出他對推理小說的抱負與創作路線。十多年來，有栖川就一面堅守解謎推理小說的傳統創作形式，一面繼承艾勒里・昆恩之那種精緻的解謎過程之寫作架構。

艾勒里・昆恩是何等作家？實際上不必多言，其重要作品在台灣已經翻譯出版，是推理小說迷應該知悉的美國推理文學大師，不過，在此還是爲年輕讀者做些說明，讓讀者與有栖川有栖的作品比較一下，也許更可以瞭解推理小說的香火是如何延續下來的有趣問題。

艾勒里・昆恩是歐美推理小說史上、黃金時期（一九一八～一九三〇年）的三大師之一。另外兩位是阿嘉莎・克莉絲蒂和狄克森・卡爾。從此歷史定位，即可知道他們是多產作家，其傑作與產量成比例之多，其作品架構各具獨自風格。如克莉絲蒂之作品，容易讓讀者移入感情，以欣賞多樣化之解謎世界。又，卡爾的作品世界雖然充滿怪奇氣氛，卻有超難度之不可能犯罪型的解謎推理。

而昆恩的作品特徵是作品架構的緻密性和喜歡向讀者挑戰的遊戲性。

推理小說有很多種分類法，其目的是：欲以短短幾字的單語說明一部作品的內涵。以「解謎推理小說」而言，是「推理小說」之一領域，以解謎爲主題的推理小說之總稱呼。同樣是解謎爲主題卻有很多不同類型，從某種角度去分類，就有其角度的分類法。

筆者曾經在有栖川有栖的《魔鏡》和《第46號密室》二書（小知堂文化出版）〈導讀〉言及「短篇」與「長篇」的架構問題，以及「不可能犯罪型」與「不在犯罪現場型」的寫作形式問題，這些就是從不同角度所作的分類法。

解謎推理小說的另一種分類法是「挑戰型解謎推理小說」與「非挑戰型解謎推理小說」。

所謂「挑戰型」是作者必須在偵探作解謎行動之前，將犯罪現場的狀況、事件關係者的言行、偵探的搜查過程等與解謎有關的諸要件公開給讀者，讓讀者與偵探站在同一地點去推理、解謎的作品。「非挑戰型」的作品，大部分是特殊架構的作品，以及作者自我陶醉的失敗作。

解謎推理小說原來的主旨就是讓讀者參與推理、解謎的遊戲文字，沒有挑戰書，讀者仍能參與推理，才是正常的解謎推理小說，所以解謎推理小說大部分是屬於「挑戰型」的，作者具體提出挑戰書是欲表達其公平性。

艾勒里・昆恩是兩位同年齡（一九二五年出生）的表兄弟 Frederie Dannay 和 Mantred B. hee 之合作筆名，一九二九年發表的處女作《羅馬帽子的秘密》，就是其「國名系列」之第一部作品。

之後，七年內（至一九三五年）一共發表了冠以國名的長篇九篇，按其發表順序列舉：《法蘭西白粉的秘密》、《荷蘭鞋子的秘密》、《希臘棺材的秘密》、《埃及十字架的秘密》、《美國槍的秘密》、《暹羅連體人的秘密》、《中國橘子的秘密》、《西班牙岬角的秘密》。本系列的最大特徵是作者借記述者名義，插入〈向讀者挑戰〉一短文（只《暹羅連體人的秘密》，沒有挑戰書，但是一樣可以參與推理）。

本系列的另一特徵是，名探的造型，他與作者艾勒里・昆恩同姓同名（這種遊戲精神就是作者的推理文學觀），父親是紐約市警察局的高級警官，所以一名非職業偵探，才有機會參與辦案，這是作者將非職業偵探，卻能夠連續參與辦案的合理化。國名系列完結之後，名探艾勒里・昆恩仍然在艾勒里・昆恩作品裏破案。

而有栖川有栖所創造的名探火村英生的名銜是犯罪社會學家，是屬於自己直接參與勘查犯罪現場型的偵探，也是屬於天才型偵探，勘查現場、向關係者質問幾句後立即破案，作品中的記述者有栖川有栖（與作者同姓同名，可視爲作者的分身）稱他爲臨床犯罪學家，象徵其速戰速決的偵探法，這點是有栖川作品的最大特徵。

有栖川於一九九二年三月，創作了火村英生系列第一長篇《第46號密室》後，翌年二月即發表了火村英生的國名系列第一短篇〈俄羅斯紅茶之謎〉，之後陸續發表了〈巴西蝴蝶之謎〉、〈英國庭園之謎〉、〈波斯貓之謎〉、〈瑞士手錶之謎〉、〈摩洛哥水晶之謎〉等中、短篇作品與《瑞典館之謎》、《馬來鐵道之謎》等長篇著作，而《馬來鐵道之謎》於二〇〇三年獲得第五十六屆日本推理作家協會獎·長篇部門獎。據作者表示，今後還有國名系列的出版計畫。上述有五短篇名分別冠在五本短篇集出版，可見有栖川對自己之國名系列的自負。

◆閒談《瑞士手錶之謎》

《瑞士手錶之謎》是有栖川有栖的第十短篇集，名探火村英生系列第十三集，國名系列第七集。二〇〇三年五月由「講談社小說叢書」系列出版，本書是該版之翻譯本，一共收錄一九九八年十一月至二〇〇三年五月，所發表的解謎推理中、短篇四篇。

〈另類Y的悲劇〉之成立經過，作者在後記說得很清楚，筆者為讀者畫蛇添足，介紹日本出版界的慣例。

日本之文藝雜誌，原則上不接受投稿，除了公開徵文外，都是直接向作家約稿，約稿時，故事內容或題材大多是讓作家自由選擇，只規定「長度」而已。

本篇即不同，出版社事先擬好一個素材，即艾勒里·昆恩之《Y的悲劇》的「Y」為素材，要作者去創作一篇小說，這種過程寫成的小說，稱為「課題小說」。而這次參與創作的作家有四位，具有競賽的意味，所以稱為「課題競賽小說」。這種讓讀者在同一素材下，欣賞不同風格的作品之主旨，不外是欲加強推理小說的遊戲性。

日本是規格社會，不管是什麼東西，都有其獨自規格，全國通用。如校對記號，在A印刷所排版的文稿，由出版社校對後，拿去B印刷所，只看校對記號即可更改錯誤，不必加以任何說明。又如，現在我們所使用的影印機紙張之A４、B４，也是日本規格的產物。

作品之長度是以原稿紙之張數計算。原稿紙除了特殊用途之少數例外，都是統一爲20字×20行之四百字原稿紙。亦即，四百字算爲「一枚」（一張之意）以枚爲單位約稿並計算稿費。現在，作家雖然都是電腦打字稿，出版社仍然以四百字爲一枚計算長度與稿費。

文藝雜誌向作家約稿，短篇小說原則上是五十枚，已出版之有栖川有栖之諸短篇，是很好的例子（譯成中文，字數大約減少百分之二十）。而長篇小說長度是四百枚爲基準，八百枚以上稱爲巨篇、大長篇，更長的稱爲大河小說。二十枚以下的視其內容稱爲掌篇，short-short 或 conte。

中篇小說形式，在日本不太適合創作，與長、短篇比較爲數不多，好像沒有基準枚數，一百枚是屬於短篇？抑是中篇？沒有定論。有人主張視其內容，凡是具短篇架構的稱爲「長的短篇小說」，具中篇小說架構的稱爲「短的中篇小說」。實際上很少人這樣使用，乾脆叫作「百枚作品」爲多。

〈另類Y的悲劇〉的故事是寫小樂團的吉他手被毆死，兇器是死者所有之吉他，這點與《Y的悲劇》之兇器曼陀林很類似，被害者死前用自己的血，在壁上寫下「Y」記號，Y到底意味什麼？成爲火村英生解謎重點。

〈女雕刻家的首級〉：三十歲之女雕刻家從東京回到大阪當天，在工作室被殺分屍，首級不但被兇手拿走，還把石膏頭像當作首級，排在死者胴體上，兇手爲何要拿走死者首級，成爲本事件最大之謎。

〈夏洛克的密室〉之夏洛克是高利貸的代名詞，典據是莎士比亞戲曲《威尼斯商人》裡之高利貸的名字。本篇被害者是高利貸，姓名佐井六助，以日語發音與夏洛克很類似（實際上與故事內容無關，完全是作者的文字遊戲）。故事分爲五節，奇數段由兇手以第一人稱記述，偶數段由名探火村英生助手兼作家之有栖川有栖記述。

第一節記述，兇手向被害者說明爲何要殺害他的理由——爲弟弟夫婦復仇，然後用手槍射殺。第二節記述犯罪現場呈密室狀態的情形，第三節以回憶形式記述殺害經過與密室詭計，第四節記述火村之辦案過程，第五節記述火村英生如何識破密室詭計的始末，是一篇倒敘推理小說的佳作。

〈瑞士手錶之謎〉：有栖川有栖的高中同學村越啓，在自宅兼辦公室的大樓被殺，兇器是玻璃菸灰缸，爲何應該戴在死於辦公室之死者手上的瑞士手錶 SWISS MADE，玻璃破裂，被兇手帶走，然後卻又在寢室發現同樣一只手錶，成爲本事件之謎。

高中時，村越與五名優等生，組織「社會思想研究會」，十多年後的現在繼續交往，瑞士手錶是他們的徽章，每人持有一個。火村英生鎖定其他五名成員。是一篇挑戰型解謎推理小說的佳作。

【推薦文】

邏輯解謎的繼承者

◎凌徹（推理迷）

在推理小說的世界中，提到國名系列，首先聯想到的就是在黃金時期崛起的美國推理大師艾勒里．昆恩。由首部作品《羅馬帽子的秘密》開始，昆恩共完成了九部國名系列的作品，邏輯的廣泛運用讓此系列具有一致的特色，而小說的傑出表現，也爲推理界留下精彩的典範。

在推理界占有一席之地的昆恩，無疑對後來的作家有相當大的影響。特別是在日本，這個推理小說最重要的發展國之一，同時也是對本格推理最爲執著之處，更是明顯可見昆恩的影響。不但絕大多數的作品都已譯介且不斷被討論，有些推理作家更以昆恩爲標竿，創作出具有相同風味的小說。

因此，國名系列會在日本被延續下去，的確不難理解。在日本創作國名系列這位作家，不僅作品名稱遵循同樣的命名規則，就連作品內容也同是以邏輯爲主要訴求，充分體現昆恩的精神。

這位作家，自然就是台灣讀者已相當熟悉的有栖川有栖。

正如創作初期的昆恩在邏輯上的堅持，有栖川有栖也以同樣的概念來創作他的國名系列，無論外在的形式與內在的理念，都可以清楚得見他向昆恩致敬的成果。其中，最重要的指標，就在謎團。昆恩的國名系列，謎團大都集中在「犯人是誰」，也就是所謂的「whodunit」。這不是沒有原因的。強調線索的充分提供，藉由邏輯的推演讓眞兇無所遁形，這正是國名系列的特色。因爲邏輯來自形式的套用，每一步的推論都只能得到應有的結果，絕不容許模糊地帶的介入，因此想要使用邏輯，當然就必須運用在最清楚、最客觀的謎團上才行。

如此一來，探究密室或消失等種種詭計如何成立（howdunit），或是挖掘犯罪動機（whydunit）都必然摻雜主觀成分，強調客觀的邏輯在本質上就不適用。畢竟詭計通常難以單憑線索就封閉在單一可能性之下，而動機則深藏在犯人心中，一般而言並不外顯，在這些情況下，將無法以線索推導出唯一合理的謎底，都是邏輯無法施力之處。

因此，繼承昆恩精神、重視邏輯的有栖川有栖，其小說大多以猜兇手爲主，也就不足爲奇了。從這個角度來看，昆恩會在小說之前加上人物表，也正是將主要謎團置於犯人身分的另一種表現。人物表除了向讀者介紹登場人物之外，更重要的意義在於，表中所列的人物就是明確的嫌犯集合，犯人只可能在這之中，不會逸脫出這個範圍。

有栖川有栖的初期長篇作品裡，也在小說開始前附上人物表，同樣可見到他效法昆恩的表現。相較於昆恩的國名系列清一色都是長篇作品，有栖川有栖的國名系列並不偏限在長篇，同樣也有短篇作品，因此人物表並不適合出現在每一篇小說中。在篇幅的限制下，若是不使用人物表，是否還能表達同樣的概念？

有栖川有栖採取的是另一種做法，他常在小說的初步階段中，便讓人名都出現在讀者面前。就算某些人物可能在後續的搜查過程中才會現身，但是至少名字都會先出現。有栖川有栖以此來向讀者宣稱，犯人就在故事初盤的這些人物中，邏輯推理所應針對的對象，就是這些人。他便是以這樣的方式，實現昆恩的人物表概念。

由於對邏輯的重視，使得有栖川有栖的謎團多半出現在誰是犯人。「who」，正是他所想要解明的眞相。

回到本作《瑞士手錶之謎》，在四篇作品中，除了〈夏洛克的密室〉是倒敘推理，重點置於犯人如何構成密室之外，其餘三篇仍然是以解明犯人是誰爲主軸。但是很明顯的，在本書中，除了原本以「who」爲主的基本主調之外，有栖川有栖在謎團設計上，更加入了其他的重點。

那就是「某人爲什麼這麼做」，也就是「why」。

除了犯人身分不明之外，事件中都出現讓人不解的謎團。〈另類Y的悲劇〉裡，被害者在牆上寫下「Y」這個字。〈女雕刻家的首級〉裡，被害者的首級被割下帶走，頸部以上被換成了石膏頭像。〈瑞士手錶之謎〉裡，被害者的手錶不在現場，手錶不知爲何消失無蹤。

因此，就算關係人物同樣在小說初期就出現，故事仍然呈現出不同於以往作品的面貌。儘管犯人是誰同樣是最主要的眞相，但是「兇手或被害者爲什麼這麼做」的謎團，卻更是吸引讀者目光的重點所在。

可以這麼說，在本作中，有栖川有栖試圖將過去偏重「who」的作品特色，再添加對「why」的重視。這樣的嘗試，在整體表現上也發揮了效果。小說不只是單調地猜誰是兇手，謎團重心的轉移使讀者的注意力必須同時置於二個不同的謎團上，二個焦點在故事中同時並行，在閱讀時也更有樂趣。

而且有栖川有栖的嘗試，絕非只是添加 why 的謎團，讓故事更加複雜。who 與 why 並不是彼此無關的個別謎團，更重要的，是二者之間緊密的關聯性。

一如過去有栖川有栖的作品，當謀殺案發生時，兇手是誰（who）的這個謎團立即浮現。而當警方與偵探開始搜查時，他們很快地就碰觸到某人爲什麼這麼做（why）的謎團。最後，或先解開 who 再說明 why，或先解釋 why 再說明 who，在二者都解明之後，所有的眞相才得以被揭露，故事也才能迎接終局。

本書的表題作〈瑞士手錶之謎〉正是最佳範例。被害者的手錶被人帶走，嫌犯的範圍立刻便從事件的關係者中被區隔出來。之後，偵探再根據所得到的線索，圍繞著手錶這項最重要的證物，進行複雜的邏輯推理，最終揭曉犯人的眞實身分。先由 who 開始，重心轉移到 why，再以二者的關聯性來進行與完成小說，本作實現了此種做法，表現不凡。

而〈另類Y的悲劇〉與〈女雕刻家的首級〉，雖然對於 who 與 why 的處理順序與〈瑞士手錶之謎〉並不相同，但故事最終在完成對 why 的解釋後，卻也增加了不同的意外感。who 與 why 的緊密結合，代表有栖川有栖成功地讓故事內容更爲紮實，也更加出色。

此外，在有栖川有栖最重視的邏輯運用方面，〈瑞士手錶之謎〉的表現更是搶眼。從不翼而飛的手錶出發，在多種可能性中抽絲剝繭，將複雜的情況逐步排除，最後只依據推理就能解明眞兇，過程精妙無比。在有栖川有栖的作品中，〈瑞士手錶之謎〉稱得上是邏輯推理最嚴謹且最精彩的演出。

邏輯解謎的繼承者——有栖川有栖正是這樣的作家。出道至今，他不間斷地創作國名系列，充分說明他對此的執著與重視。昆恩的國名系列，在極東的島國日本，經由有栖川有栖的繼承而延續。相信有栖川必會繼續創作國名系列，不僅因爲這是他的理念所在，更是他師法偉大先人的具體實踐。

瑞士手錶之謎

另類Y的悲劇

1

看完電影走出去，外面已是充滿秋意的傍晚，霓虹燈看起來有些寂寥。突然覺得，看電影這種事，雖然是獨自一人沉浸於黑暗深處觀賞，不過偶爾攜伴同賞好像也不錯。平常明明不太會想這種事的，也許是初秋晚風觸發了傷感之情吧！還是只是因爲看著坐在斜前方那對情侶兩個小時的關係呢？

抬頭望著南塔飯店的燈火，穿越往高島屋方向的十字路口。一群下了班的上班族與粉領族走在一起顯得格外醒目，百貨公司的正面入口處，有許多正在等人的男男女女。啊、對了！今天是星期五，難怪街上飄著一股浮躁的氣氛。雖然這一切和現在的自己無關，不過以前在印刷公司當業務員時，也曾和同事們一起度過愉快的小週末夜晚。

「原來今天是星期五啊！」

悄聲低喃，漫無目的地往東邊走去，愣愣地想著晚餐要去哪兒吃。已經很習慣獨自用餐了，但今天卻覺得有些寂寞。三十四歲，單身，一年中總會有好幾個這樣的日子，但我也不是會隨便向路過女子搭訕的男人，是因爲害羞呢？還是自尊心作祟？我想都有吧！不過，能確定的是，如果我是女人，絕不會考慮和隨便搭訕別人的男人交往，那時的我，自尊心應該會比身爲男人的現在要高出許多。

一個滿頭金髮的年輕小夥子突然遞東西給我，那是印著交友俱樂部電話的面紙。我反射性地收下，快步走過。那個小夥子兩手各拿著面紙，依行人的性別分別遞出藍色與粉紅色包裝的面紙，看來還分男用和女用兩種。再過去一點同樣站著一個男人，他則是染了一頭紫色的頭髮，正向年近七旬的老婦人說「給妳」，並遞出粉紅色的面紙，顯然沒有因爲對方是個老太太而不給她。

紫髮男子的皮夾克胸口附近好像繡了什麼，是老虎？還是豹？我走近，偷偷瞄他，卻和他的目光撞個正著。

「幹嘛？」

是我的眼神看起來很詭異嗎？紫髮男子的語氣有些粗魯。雖然他的塌鼻子與所謂的帥哥相去甚遠，不過長得也不差啦！

「沒、沒什麼。」接著又立刻反問他，「在玩樂團嗎？」

他沉默地點點頭。

「以前我也玩過哦！」那是騙人的。「玩過各種樂團。」

「哦？是喔，那又怎樣？」

我右手接過面紙，向他輕輕揮個手便走了。他一定覺得自己遇到怪老頭了吧！

以打工維生的音樂人在熙來攘往的街頭發面紙是再熟悉不過的街景，應該很少會有人和他們交談，不過，我還是向對方搭訕了，雖然只是一段無聊的對話。倒不是想找人聊天，只是一時興起罷了，也許是因爲紫髮男子和三個月前我遇到的那個男人很像。

濱本欣彥。

染了一頭金髮，擔任貝斯手，其所屬的搖滾樂團叫作——

「夢之腦髓地獄」。

不用說，這個名字明顯是取自夢野久作的名作《腦髓地獄》。濱本說過他自己是夢野久作的書迷，這個名字是他在迴轉壽司店一時興起想到的，其他成員雖然沒聽過夢野久作這位作家，不過都覺得這名字滿有意思的，於是便順利成了團名。

我只聽過「夢之腦髓地獄」的其中一首歌，演奏技巧不能說很好，整首歌的風格充滿地下樂團式的詭異幻想文學之趣味，那時聽了其實不覺得怎麼樣。但是，我到現在還能哼得出副歌的部分。

那傢伙很卑劣

這傢伙是個蠢蛋

滿口抱怨滿腹牢騷

到哪兒去都被嫌臭

沒錯，這就是你身上的味道

哈哈、歌詞挺傳神的，不是嗎？會讓人想再聽一遍。雖然他們在地下樂團中還不成氣候，不過如果去一趟美國村（註：位於大阪心齋橋附近，是年輕人的流行指標），也許會在一些特別的唱片行裡找到他們的ＣＤ。

回頭一望，還能看得見在人群中的紫髮男子，暮色更爲深沉。

我轉了個方向往心齋橋走去，已經決定好目標了，如果找得到「夢之腦髓地獄」的ＣＤ，就找一間氣氛靜謐的餐廳用餐吧！一如往常地點一份稍微奢侈的料理大快朵頤，自己來營造一個愉快的夜晚。

2

那是三個月前的七月二日發生的事。

火村英生打電話到我位在夕陽丘的家中時，我正在填寫某大學推理小說研究會送來的問卷。

第一題：關於筆名的由來？這是常被問到的問題。雖然「有栖川有栖」怎麼看都像筆名，不過我在答案欄裡只寫了「本名」兩字，眞是輕鬆。記得某位熟識的作家曾嘀嘀咕咕地說：「解釋筆名由來實在很麻煩，不像某人，只要寫『本名』兩個字就可以了，眞是羨慕啊！下次我也說是本名好了。」

第二題：最喜歡的五本推理小說？第一名當然是艾勒里．昆恩的《Y的悲劇》，不過我不打算回答其他四個，都這把年紀了，實在懶得搞什麼最喜歡的排行榜……

就是在這時，一通電話響起，話筒那端傳來從大學時代起就認識的某位犯罪學家的聲音。

「在忙嗎？」

「是啊！兩個星期內要寫完一篇短篇小說，實在沒什麼時間，不過也沒那麼忙就是了——」

「眞是不乾脆！」他打斷我的話。「那就隨便你了，想來命案現場就來吧！你有紙筆嗎？大阪市都島區——」

還眞突然啊！總而言之，先將地址記下來吧：「GURANCASA 都島大廈」604號室。

「你要從京都趕過去嗎？臨床犯罪學家火村教授今天要到那裡實地調查啊，還特地任命得力助手過去，看來這案子挺困難的囉？」我玩著放在電話旁的車鑰匙問。

火村沒有正面回答。「來就知道了。對了，聽過『夢之腦髓地獄』這個地下樂團嗎？」

「夢之……腦髓地獄？」

「嗯。好像才剛自費發行過一張專輯。」

就算我是搖滾樂迷，也不見得熟悉地下樂團。「夢之腦髓地獄」嗎？聽起來不像會走市場路線的樂團。

「死者叫山元優嗣，是樂團的吉他手。被慣用的電吉他重擊致死，犯案時間爲昨天晚上。瀕死的死者被樂團另一位成員發現，可惜爲時已晚。」

搖滾樂團的吉他手被自己的吉他毆殺，這種死法眞悽慘。

「簡直就像《Y的悲劇》的翻版哪！」

「你說什麼？」火村沒漏聽我的喃喃自語。

「沒什麼。只是想到艾勒里．昆恩的《Y的悲劇》，小說中的死者雖然不是吉他手，但兇器都是樂器。」

「是被吉他重擊致死嗎？」

「不是，是曼陀林琴。明明有其他更適合的工具，也有毒藥，兇手卻執意使用曼陀林琴殺人，這一點在小說最後有精采的解釋，不過這次的事件應該沒有這種問題吧！因爲電吉他比曼陀林琴更具份量、更堅硬，作爲兇器還挺合理的。死者不是吉他手嗎？那把電吉他應該就放在他身邊吧！」

火村不知爲何陷入沉默，難道我說了什麼奇怪的事情嗎？

他打破短暫沉默，道出意外之語。「誰叫我有個推理作家朋友呢！可以順便帶那本《Y的悲劇》過來嗎？你應該有吧？」

我有三種譯本。

「艾勒里．昆恩的小說和吉他手被殺一事有關嗎？」

「大概沒有吧！只是有些事很在意，來現場再向你說明細節。」

還眞是吊人胃口，我回了句「知道了」便掛斷電話。雖然沒整理的書櫃有點亂，不過我偏愛的艾勒里．昆恩的小說倒是放在方便拿取的地方。我抽出一本《Y的悲劇》，接著攤開地圖，確認地點後出門。

雖然是平時開車不太會經過的地區，不過我立刻知道那就是「GURANCASA都島」。一棟北邊面向大川的十層樓大廈，屋齡看起來應該還不滿五年，附近還有木造的老房子與新穎大廈混雜。確定沒有禁止停車的標誌後，我將車子停在河邊。作為通勤交通工具的水上巴士在河面悠然地前進。

抬頭望向六樓，正中央的陽台覆上藍色帆布，從隙縫間可以看見搜查人員走動的身影。錯不了的，那一間就是命案現場。

我快步走向玄關，搭電梯上樓。我在電話裡聽火村說，這棟大樓因爲忌諱，所以沒有4開頭的號碼，604號其實是在五樓。走廊的搜證作業似乎已經結束，封鎖布條都撤了，也沒半個人影，我按下電鈴。

「正在等你呢！有栖川先生，每次都麻煩你了。」

前來開門的是大阪府警局搜查一課的船曳警部。之前參與火村的實地調查常會遇到他，於是兩人漸漸熟稔起來。他是一位對工作十分嚴謹，也很講情理的大叔，十分仰賴經常協助警方辦案的火村。明明天氣還不是很熱，大肚皮上繫著吊帶的船曳警部早已自額頭冒出粒粒汗珠，從其體型就能推測，他一定深爲炎夏所苦。

火村從綽號「海和尚」的船曳警部的另一邊走來。他的外套脫了，藍色襯衫袖子捲至手臂，領帶鬆垮垮地垂著。

「挺快的嘛！」火村向我打招呼。

我瞄了一眼五坪大小的客廳，沒看見半個搜查員，方才從陽台窺見的人影應該是火村吧！

「客廳是命案現場，已經清理過了，放心吧！」

「我已經習慣了，不用擔心。遺體的死狀眞的有那麼悽慘嗎？」

「遺體從來就不在這裡。死者被發現時已呈瀕死狀態，在送醫途中不治死亡。因爲額頭與頭頂的傷口十分嚴重，兇案現場自然好看不到哪裡去。——死者山元優嗣便是橫躺於此。」

他用下巴指了指沙發前的地板，上面還留著乾涸的血跡，旁邊躺了一只鞋底也有血跡的拖鞋，就連黑灰色沙發上也散布著點點血漬，足以想見當時的慘烈，心裡果然有點怪怪的。

沙發的正對面有個造型十分時髦的櫃子靠牆而立，上面放有電視與音響。CD架上塞滿各種日本和西洋搖滾樂專輯。雖然視聽設備不是什麼高級品，不過擴音器和音箱倒是上等貨。正在觀察現場時，身後傳來火村的聲音。

「依傷口形狀判斷，死者應該是在站著時遭到兇手持吉他重擊，因重創而倒在沙發上。接著又被兇手持吉他往額頭奮力一擊，昏倒在地板上。死者身上的傷口有兩處，死因爲腦挫傷，但目前尚無法判定是否還有其他致命傷。」

「除了頭部，只有右手有一處外傷。」船曳補充。「可能是額頭受重擊時，爲了保護身體而被打傷的吧！」

用電吉他連續重擊兩次？這種殺人方式眞是叫人不敢領教！

「兇器的吉他就掉在這裡，好像是死者最喜歡的吉他。」

回頭看警部用手指著的前方，地板上還貼著白膠帶，形狀像英文字母Y，兇手使用的『樂器』看來似乎是Flying V。因爲琴身呈V型，所以才有此名，加上琴頭，整把吉他看起來就像字母Y。

「弦斷了三根，琴頭斷掉。就好像理奇・布萊克摩爾（註：Ritchie Blackmore，知名的吉他手，先後待過「Deep Purple」與「Rainbow」兩個樂團）摔壞的吉他。」火村說。

衆所周知，理奇曾在演唱會安可曲的氣氛達到最高點時，當衆摔壞吉他，但是要將他和這件命案聯想在一起似乎過於牽強，因爲他用的是Fender的Stratocaster（吉他名稱）。

「這還是我第一次拿電吉他，沒想到這麼重，還硬得跟石頭沒兩樣呢！」「海和尙」警部模仿彈吉他的樣子說道。雖然手勢很怪，可是體型壯碩的他，看起來倒挺有美國鄉村歌手的味道。

「以前也有過使用電吉他殺人的命案嗎？」

「恕我孤陋寡聞，從沒聽過。兇器已經轉到鑑識課，等會兒可以讓你們看一下照片，至於整起事件的大致經過——」

首先是死者的身分。死者山元優嗣，二十二歲，是這間屋子的主人。就讀大阪市內某大學，爲了打工與樂團活動，已有將近一年沒到學校上課，因爲重考加上留級，現在還是大二學生。由山元擔任吉他手的「夢之腦髓地獄」是由幾個高中好友共組的樂團，以 Live House 的表演爲主。一個月前才自費發行首張專輯。

「這種程度的樂團，就算在 Live House 表演應該也賺不到多少。你們說死者是一個人住，雖然不曉得是買的還是租的，不過他住的地方還眞不錯。」

我趁機插話問了個問題。雖然「GURANCASA 都島大廈」並非什麼高級公寓，但是這間６０４號室可是一間能住四人小家庭的３ＬＤＫ（註：包含了客廳、飯廳、廚房）大小的房子，一般靠打工維生的音樂人應該住不起吧！

「基本上，這裡是分售大樓，不過也有一部分作爲租賃用。死者平日在居酒屋打工賺取生活費與樂團所需費用，當然沒有能力買房子，這間屋子其實是他父親的。」

「死者和家人分開住嗎？」

「他母親已經過世，只剩父親一個親人。他父親任職於產物保險公司，兩年前轉調至東京總公司，在別的地方另外買了房子，將這裡留給在大阪唸書的兒子，經濟能力還算不錯。」

「父子兩人相依爲命嗎？對他的打擊應該很大吧！」

「就是啊！今天早上在醫院與他談過，看起來是個滿堅強的人，只花一個晚上就從東京趕到這裡，不過到了中午左右就已身心俱疲了，現在人在梅田的飯店休息。——再回到命案上吧！」

發現死者並報警的人是樂團成員澤口彩花。警方記錄的報案時間為昨晚十一點零一分。她與山元優嗣是從小學起就認識的青梅竹馬，住在離這裡走路約十分鐘左右的地方。因為平常就會擔心他有沒有好好吃飯，所以有時會多做些飯菜送來給他。昨晚也是替死者帶來他最愛吃的壽司，可是按電鈴卻沒人回應，又發現門沒鎖，她覺得不太尋常，一進去就看到死者頭破血流地倒在地上呻吟，傷勢非常嚴重。她趕忙跑過去察看，當時死者已經陷入昏迷，於是她用自己的手機報警求救……

「雖然救護車立刻趕到，但死者仍不幸於送醫途中身亡。這就是事件的大概經過。」

「澤口小姐趕到時，大概是兇案發生多久以後了呢？」

「目前還無法確定，不過依傷勢看來，應該不到二十分鐘吧！也就是說，兇案發生不久後，澤口小姐就到了。」

「澤口小姐沒有目擊到疑似兇手的可疑人物嗎？」

「沒有。不過，她說死者喪失意識前曾告訴她兇手是誰，這是一個非常重要的證詞。」

因為是前額遭到重擊，因此死者應該有看清楚兇手的相貌。如果可能的話，應該連名字都能叫得出來。

「這樣不就等於破案了嗎？」

既然如此，那就沒必要找我和火村這兩個非警界的人啦！

「不，就是這一點令人想不通，因爲澤口彩花無法理解死者的話，所以又問了他一遍。他卻一再重複奇怪的動作，並用食指沾自己的血塗在牆上。」

「就是那個痕跡。」火村指著牆上的某一點。

距離地上的血跡不遠，離地不到十公分高的地方，有一處紅黑色的痕跡，這就是所謂的死前留言嗎？

「這是……死者用盡最後力氣寫的嗎？」

「是的。」火村回答。

原來如此，原來是這麼一回事啊！

「我終於知道你爲何叫我帶艾勒里·昆恩那本小說了。」

我再次看著牆上的血字，雖然形狀有些不完整，不過看得出來是英文字母「Y」。

3

澤口彩花的家中經營舶來品店，店面的櫥窗中是穿上當地中學制服的模特兒。船曳警部率先走入店內。一位身材肥胖的中年婦女正坐在櫃台後整理帳單。她一看到警部便停下來，向他輕輕點個頭。她是彩花的母親。

「不好意思，又來打擾了。請問令千金在嗎？想再請教一下關於昨天的事。」

「她在房間，我去叫她。」說完又客氣地問，「請問……逮捕到殺害優嗣的兇手了嗎？」

「因爲才剛展開搜查，現在無法清楚回答妳，不過我們會盡全力偵查的。」

「那就麻煩你們了。」彩花的母親深深地行了個禮。「我們是看著優嗣長大的，所以心裡也很難過，我女兒大概比我更不好受吧！光是朋友過逝就很令她傷心了，更何況還親眼看著他死掉，我想她受的打擊一定不小。」

「這個我們瞭解，冒昧請問……令千金和山元先生是……」

彩花的母親突然反駁：「他們兩個只是青梅竹馬啦！也是一起玩音樂的夥伴，我想兩個人應該沒有在交往，我女兒常說：『吉他手要是昏倒就不好了，可以的話就接濟一下他囉！』因此她常送些營養的東西給優嗣吃，那只是出自一種體貼，因爲我女兒是個很善良的孩子。」

大概是怕警方誤會兩人是男女朋友而朝情殺方向偵查吧！彩花的母親趕緊戳破這誤會，跑去喚女兒出來。

不久後，澤口彩花出現，纖瘦的身材與她母親形成強烈對比，一頭俐落的金色短髮與合身的牛仔褲十分搭配。雖然因爲命案的衝擊使神情有些憔悴，不過輪廓很深，面目姣好。

「請進。」

彩花比警部早一步開口，招呼我們進到屋內，前往她位於二樓的房間。這是一間三坪大小的和室，和想像中完全不一樣，沒有年輕女孩房間會有的裝飾，只有放著電腦的小書桌與塞滿書籍的書櫃，室內的陳設相當簡單，也不像玩音樂的人的房間，既沒有貼海報，連個樂器也沒有，只有在白色壁紙上用水藍色簽字筆畫下的線條，還滿醒目的。

「這圖案是妳畫的嗎？」火村問。

彩花點了點頭。「這個房間的概念是『雨中小屋』。只要想到一個棄世的人隱居在小屋中，屋外還下著雨的場景，我的心情就會變得很平靜，所以才設計成這樣，不過媽媽卻說我盡做些傻事。大概也連我不找工作，只會玩樂團一事也說進去了吧！」

眞是個有趣的孩子，不只擁有獨特的想像力，還將雨景表現得很美。

「看妳的房裡沒有樂器，妳擔任主唱嗎？」進入正題前，我隨口問了一下。

她搖搖頭說：「頂多幫忙合音吧！我是鍵盤手。樂器放在別的房間，像鋼琴啦，電子琴啦，都沒有放在這裡。」

「樂團成員有誰？」

「我們有四個人。優嗣是吉他手，我是鍵盤手，還有主唱兼貝斯手濱本、鼓手用賀。」

「哪一位是團長？」

「濱本。我、優嗣和他從高中就一起組團了，雖然沒有刻意決定，但他其實一直都是領導者，詞曲也幾乎都是由他創作。」

「吉他手山元先生不寫曲嗎？」

「優嗣也會寫，只是比不上濱本。他的原創性不夠，寫來寫去都只是類似UFO和MSG的曲調（註：兩者均是知名的搖滾樂團，下文的 Michael Schenker 曾待過這兩個樂團）。」

「哦……他是 Michael Schenker 的樂迷嗎？」他是很多玩吉他的人十分憧憬的吉他高手。「所以山元先生才和他同樣使用 Flying V 嗎？」

聽了我的話，她抬頭狐疑地問：「刑警先生喜歡聽重金屬搖滾嗎？」

「不，不是。」警部搖搖手。「我忘了介紹，他們兩位不是刑警，一位是專門研究犯罪社會學的英都大學副教授火村英生教授，另一位是推理作家有栖川有栖——」警部簡短說明我們協助偵查一事。

「嗯，原來如此。」彩花點頭說。「難怪兩位看起來不太像刑警，我不曉得原來警方還請了犯罪學家與推理作家來協助辦案。那就拜託你們了，請你們早日逮捕殺害優嗣的兇手。」

她雙手交疊行了個禮。雖然我是個發揮不了什麼作用的助手，但一股使命感卻油然而生。

「基於這個理由，我們想再請教妳關於昨天的事，火村教授與有栖川先生有些很重要的事想請問妳。」

「我知道了，我會全力配合。」彩花併攏雙膝，身體坐直。

警部先開口問：「昨天沒有練團，樂團成員們都是各自行動嗎？」

「是的。我去京橋買東西，濱本和用賀去打工，本來優嗣也要去居酒屋打工，可是昨天打電話向他說預約練團室一事時，他說他感冒，身體不舒服，請了一天假，不過聲音聽起來好像不是很嚴重，我想休息個半天應該就會好一點了。」

「是什麼時候打的電話？」

「下午一點多，那段時間他通常都在家。」

「因爲他身體不舒服，所以才送點吃的過去給他嗎？」

「是的，想說他身體不舒服有點可憐，所以做了他最喜歡的壽司和味噌湯帶過去。」

「妳是在十點之前過去的，對吧？當晚餐不會太晚嗎？」

「六點左右我又打了一次電話，問他需不需要我送些救援物資過去，他說因爲很晚才吃中飯，所以只想吃些宵夜。」

於是她在九點四十分出門前往「GURANCASA都島大廈」，途中還到便利商店買零食，到優嗣家已經九點五十五分左右了。她按了電鈴，對講機卻沒有任何回應，雖然沒說自己幾點會到，可是她有向優嗣說要過去，所以他應該不會外出才對。正覺得納悶而轉動門把時，發現門竟然沒上鎖，她狐疑地喚著「優嗣」，進入屋內，立刻發現優嗣倒在地板上。

「我那時眞的嚇壞了，完全搞不清楚怎麼回事，本以爲他是跌倒才會傷成那樣，所以不停地問他傷到哪裡，但他卻以微弱的聲音回答『我是被打的』，那時我才恍然大悟原來發生大事了。」

因為優嗣想站起來，於是她扶著他的肩膀，讓他靠在沙發上，然後追問他是被誰毆傷。但是優嗣的下巴只是痙攣似地動著，講不出話來。她趕緊用手機打電話叫救護車，掛上電話時，又想到順便報個警會比較好，正準備打電話時，卻聽到優嗣嘶啞的聲音。

「我問他：『你說什麼？』他又重複一遍同樣的話，如同我昨天向警方說的，是……」

彩花欲言又止，警部催促她繼續說下去。

「希望妳能親口告訴這兩位妳當時聽到的。」

「是。」她看著火村和我，「聽起來好像是『YAMAMOTO』。」

我愣了一下。YAMAMOTO？那不是他自己的姓氏嗎？難道慘遭殺害的吉他手不是要告訴別人兇手是誰嗎？

「很奇怪吧！我完全不懂他是什麼意思。心想優嗣該不會是因為腦部受到重擊，所以無法正常應答吧？他可能是將我錯認為救護人員，以為我在問他『你能說出自己的名字嗎？』之類的。」

嗯，是有這種可能。

「所以我刻意將臉湊近，又再問一次：『我是彩花，知道嗎？』只見優嗣微微點頭。不過，我想他可能又搞錯了，因此，與其說想知道兇手是誰，應該說是為了確認他的意識是否清醒，於是我又問了一遍：『你是被誰打的？』只見他痛苦得整張臉都扭曲了，再也發不出聲音。」

要一邊回想，一邊描述，她的心裡應該很不好受吧！

「從他的嘴型也判斷不出來嗎？」火村沉穩地問。

「這個嘛……看起來還是很像『YAMAMOTO』。雖然他的嘴巴一直都微微地動著，不過我想那只是呻吟吧！」

該怎麼辦呢？她有些不知所措。如果不繼續與優嗣說些什麼，他可能會逐漸失去意識，就這樣死去。一想到這裡，她就更慌了，什麼都好，得繼續與他說話才行，所以彩花又問他：「是誰打傷你的？」

可是優嗣已經發不出聲音了，這樣的他只好用肢體動作回答。他慢慢舉起右手，指了指在一旁地板上的電吉他，因爲之前太過慌亂，彩花到此時才知道兇器竟然就是吉他。

「明明沾著血的吉他就滾落在一旁，我居然沒發現他是被這東西打傷的。我那時眞的氣得渾身發抖，兇手眞是太可惡了！」

「不好意思，容我插個話。因爲優嗣指著地板上的吉他，妳才知道他是被吉他打傷的吧？可是他這樣並不算回答妳的問題啊！」我問道。

「是的，我也認爲他沒有回答我的問題，但是我仍先回應他：『你是被這個打傷的嗎？我知道了。』然後再問一遍：『是誰打你的？』結果他還是指著吉他。」

這樣下去不行！彩花心急地咬起指甲。該怎麼辦呢？別勉強他說話會不會比較好呢？

正當她不知所措時，外面傳來了救護車的警笛聲，雖然慢慢逼近，卻還沒抵達大樓前，令人不禁焦急萬分。

優嗣再度滑落到地板上，他的眼神空洞，看樣子快不行了。彩花爲了不讓他就這麼失去意識，拚命叫他振作一點，而優嗣好像想說些什麼，卻發不出聲音。她知道優嗣快撐不下去了，但仍不放棄地鼓舞他，對他說：「撐著點！救護車馬上就來了，你要撐下去呀」。

「我明明叫他『別亂動，好好躺著』，但他卻不聽勸，硬是用食指沾著血，以指尖在牆上寫了個Y字，然後就昏厥過去。我嚇了一跳，趕緊測他脈搏，發現他的脈搏變得非常微弱，好像快沒了似的……」

她之後的記憶一片空白，甚至連救護人員破門而入都沒發現。澤口彩花的說明就到此結束。

「謝謝妳說明得如此詳細。另外，還有幾個問題想請教妳，當妳前往優嗣先生的住處時，有沒有看見什麼可疑人物？」警部說。

「我昨晚也被問過同樣的事。沒有，什麼也沒看到。因爲我都是搭電梯上樓，如果兇手從樓梯逃逸，我根本不可能和兇手擦肩而過。」

「因爲兇手有可能是在妳抵達現場前的幾分鐘下手，若妳之後有想起什麼，請與我們聯絡。」

「我知道，可是我眞的沒有發現什麼可疑人物。我想，與其問我，還不如問住在同一棟大樓的人比較好吧！」

警方當然會對整棟大樓的居民進行訪查。

「這是當然。」警部回答後，又接著問，「對了，關於『YAMAMOTO』這個字，妳還有想到什麼嗎？如妳所述，當時優嗣意識模糊，有可能是說自己的名字，不過『YAMAMOTO』這個姓氏還滿常見的，他會不會是想告訴妳，自己是被同姓氏的人給襲擊呢？」

就算如此，她也無法肯定地回答什麼。「就我所知，與他走得比較近的朋友中，沒有人的姓氏是『YAMAMOTO』。學生時代是有一位同姓的同班同學，可是他們已經完全沒聯絡了。」

「澤口小姐從小學到高中一直都和優嗣先生同校吧？等一下能向妳借一下每個時期的畢業紀念冊嗎？」

彩花點頭允諾，但是卻露出了一副「調查早就不相往來的同學也沒用吧！」的神情。而且，比起『YAMAMOTO』，我更在意牆上的血字。

「關於優嗣先生遺留的血字，他寫完Y字之後，是否還想繼續寫什麼？」

「嗯，應該還有吧！」彩花回答，「寫完Y後，他的手指有稍微往右移動一下，大概還想再繼續寫什麼，但是已經不行了……」她一臉遺憾。

我也覺得很可惜。死者拚命留下的訊息卻無法清楚地傳達其意，難道眞的無法解讀嗎？無法以想像力捕捉不足的情報嗎？

火村又是怎麼想的呢？我覷了他一眼，卻摸不透他在想什麼。那異常冷靜的眼神像在觀察什麼東西似地看著彩花。

「山元優嗣先生是個什麼樣的人？」火村首次開口。

彩花立即答道：「他不是會讓人討厭的傢伙，雖然有點少爺脾氣，又有些任性，可是挺好相處的。對男、對女都很親切，個性爽快又溫柔。我是性惡論者，總覺得人心似鬼，將每個人都想成小偷，但是他卻不這麼認爲，因此濱本若是寫了比較晦暗的歌時，他就會面有難色地說『歌詞太消極了』之類的話。」

「他認爲這世上沒有眞正的壞人嗎？」

「是的。」

「可是他的住處既沒有被翻找過的痕跡，也沒有兇手闖入的樣子。也就是說，優嗣先生似乎是被熟人殺害。」

「就算你這麼說……我只是照實說出我對他的感覺而已。」

感覺到彩花似乎有點不高興，火村趕緊爲自己的措詞不當道歉。「眞的很抱歉，我只是認爲，就算沒有會起衝突的對象，也許會有人單方面地對優嗣先生不懷好意，當然，目前並沒有確實的根據可以證明這個想法。」

死者的青梅竹馬沒有回話，那沉默好像在說，就算你再解釋也沒用！

「樂團成員的感情融洽嗎？」

「因爲終於發行首張專輯，大家都很興奮，很期待會被唱片公司看中，對未來充滿希望，所以感情還不錯。如果覺得我提供的線索不足，不妨去問問濱本和用賀。」

之後當然會個別拜訪他們兩位。

彩花長嘆了一口氣：「沒想到首次發行的ＣＤ竟成了悼念優嗣的專輯……」

4

向彩花借了從小學到高中的畢業紀念冊後，我們回到命案現場。留守在６０４號房的是戴著眼鏡，有著學者氣質的鮫山警部補。雙方互相打過招呼後，警部補低聲向警部耳語。

「死者的父親來了，現在在死者房間。住在樓下的人也回來了，我們已經偵訊過他了。」

「哦？結果如何？」

「他姓山崎，目前單身獨居，從事自由業。昨晚命案發生時，他人在家中，雖然沒有聽到任何爭吵或打鬥聲，但是卻有清楚聽到疑似重物落地的聲音。」

警部似乎對這段證詞頗感興趣，問道：「他記得是什麼時候嗎？」

「他說約九點半到九點四十五分之間，那時他正好在玩電腦的圍棋遊戲。」

那也許是兇器被摔落的聲音。像這種大廈的上下樓層之間，雖然不至於連日常作息的聲音都聽得到，不過要是有重物掉落在木質地板上，應該會發出不小的聲響。

「聲音是從客廳的天花板傳來的嗎？」警部再次確認。

「他說應該是，因爲他是在裡面約三坪大小的房內玩遊戲，而聲音是從斜上方傳來的。」

「從天花板何處傳來、聲音有多大，我們得實際摔一下吉他，作個實驗才行。——他還有聽到其它聲音嗎？」

「沒有。他說平常搭乘電梯時，曾經與死者打過幾次照面，這次聽聞自家正上方的住戶發生命案，嚇了一跳。在都市的高樓大廈裡，不知道樓上住著誰是很正常的事，況且山崎搬來這裡才半年多。」

就算住上十年搞不好也不知道吧！

犯案時間爲九點半到九點四十五分之間的可能性很大，但是因爲證人正專心地玩電腦遊戲，可信度有多少尙無法判斷。就算他所言屬實，但是目前根據各種狀況推定的犯案時間應該爲九點四十分到十點之間，所以他的話似乎不是很重要的證詞。

開門聲傳來，一位年近半百的男人走進客廳。他身穿質料高級的夏季西裝，打著領帶，一看到我們，便朝我們點了一下那半花白的頭——他是死者的父親，山元昭喜。

「我已經有十年沒踏進我兒子的房間了。自從優嗣升上國中後，便堅決不讓父母進他房間，我也不想冒然進入——看來他只對音樂感興趣吧！」

他的口吻沉穩得彷彿在學校與孩子的導師面談，但仍掩不住獨子突然遇害身亡的傷痛，雙眼下方都浮出了黑眼圈。那是一張會令人聯想到某種猛禽的側臉，倒不是因爲有個鷹鉤鼻，而是因爲這張臉充分表現出其人的堅強意志與激烈性格。

「關於兒子的交友關係，譬如和他最親密的朋友叫什麼名字、有沒有女朋友等等，就像今天早上說的，我實在不太清楚。我知道他在玩樂團，卻不曉得他還發了一張專輯，我們父子就與陌生人沒兩樣。有些父母與小孩就算分開住也會常聯絡，但是我們完全不是這麼一回事。」山元昭喜淡淡地說著。

看來他的出現並非協助搜查，而是告訴警方別在他身上白費工夫吧！口氣十分平淡。

火村簡單說明了自己和我的家庭背景後說：「有時沒消息就是好消息，現在多數的親子關係就是這樣，難不成你和優嗣之間有什麼心結嗎？」

「你的問法還眞是直接啊！」山元昭喜語帶嘲弄。「倒也不能說有心結，只是互不關心而已。內人在五年前過世，我兒子那時才十七歲，原本我和兒子的關係就很疏離，內人過世後，兩人更是形同陌路。後來我交了新女友，每天早上回家都得看他的白眼，他也更沉浸在音樂中。在我眼裡，他明明就沒有音樂天分，卻仍一頭栽進音樂裡，他大概也感覺到我看不起他，所以我們之間的鴻溝便愈來愈深。就算那孩子重考一年勉強上了大學，我也無法認同他的作爲。我想，在優嗣眼中，他大概也很輕蔑我這個能有吸引女人的高薪，卻一生捧著無聊飯碗的工作吧！」

眞是一段頗爲洩氣的自白。看來這對父子都沒有給彼此更進一步的溝通機會吧？即使知道不能這樣繼續下去，卻也無心改變。

「那孩子進大學時，我剛好調往東京的總公司，於是我們便在大阪和東京兩地各自生活，這樣對相看兩厭的我們或許算是一種解脫！原本還期待距離能改善我們之間的關係，但終究仍行不通，只是讓我們漸行漸遠，結果就發生這件令人遺憾的事。」

「你最後一次和優嗣先生聯絡是什麼時候？」

火村的口氣一點也嗅不出感傷，這樣似乎讓山元的父親心裡好過些。

「就只有新年連休三天時回來過，平常連一通電話都沒打過。」

「有固定給他生活費嗎？」

「沒有。這裡的管理費和水電費，還有他的學費，都是由我的戶頭直接扣除，除此之外的生活費都是靠他自己打工賺來的，大概是覺得向自己憎惡的父親伸手拿錢很沒面子吧！而且他們團員也會互相幫忙，我想他的生活應該過得很辛苦，反正不管怎樣，他就是一心想往搖滾樂發展吧！」

最後那句話很明顯是在揶揄兒子。

「新年時，優嗣先生看起來如何？」

「還是一副愛理不理的樣子。可能是爲了躲我，白天從不在家，這是很理所當然的事情，並沒有什麼特別。我們之間連『最近如何？』、『就這樣啊！』這種無意義的對話都沒有過。」

「如果連兒子的房間都沒進去過，大概也不知道他有什麼異狀吧！隔了七個月又回到這裡，難道沒發現什麼不尋常的事嗎？」

「沒有。」他立刻回答。「可能多少有些變化吧！可是我答不出來，還是去問他那些朋友比較妥當，像是那位澤口小姐。」

「關於澤口彩花小姐……」

「雖然他們從小就認識，還一起搞樂團，但我是直到今天早上才知道她叫什麼名字，當然，過世的內人應該與那位小姐很熟。」

山元昭喜將右手伸進運動外套口袋，抽出一張CD，就是那張「夢之腦髓地獄」的專輯。以光影之反差的攝影技巧拍出成員的照片當作封面，上面還有一行「trauma 市場」的字樣。

「這是在我兒子房間看到的，地下樂團……這是什麼意思啊？」

我對他解釋說，地下樂團沒有與唱片公司簽約，而是靠自費來製作並發行CD，一直以來，有許多樂團都是靠這個方法獲得唱片公司的青睞。

山元先生理解似地點點頭。「也就是地下音樂的意思吧！這麼說來，我在學生時代也有幫小劇團寫過劇本呢！我記得劇名是叫〈隨著母神那有塊無法消失的蒙古斑的偉大臀部放的一記響屁而驚醒的早上〉。」

還眞是令人印象深刻的劇名，就像超現實派畫作總有個滑稽標題似地，如果山元先生能在兒子生前與他如此談笑就好了，可惜他現在永遠失去這個機會。

得到山元先生的許可後，我們進到優嗣的房間。才剛舉行過的小型演唱會傳單——最近好像稱爲快速印刷（flyer printing）吧？——貼滿一整面牆壁。因爲盡是一些用粗劣紙張印製的拙劣傳單，所以整個房間給人一種陰暗的印象，不過多少也看得出年輕人拒絕大人的給予，所以倒不會引人反感。

Yumeno Dogura Maguro

傳單上印著這排英文字，Y、D、M還因爲印刷成較大的紅色字體而特別顯眼，不禁令人聯想爲「Y的Dying Message」的縮寫。

對面的牆邊則擺了一張床。一邊角落放著書桌，另一邊角落是塞滿音樂雜誌的書櫃，窗戶下方還有兩把吉他。一把是還滿新的Les Paul，另一把是滿是pick刮痕的民謠吉他，後者應該是優嗣的第一把吉他吧！垂至地板的床罩縫隙間隱約能見到幾本封面破破爛爛的雜誌，看來他都將一些不太能示人的東西隨手塞到床下。雖然兒時好友的彩花不會走進這房間，但萬一被看到就不太好了。

「放在抽屜的筆記本與郵件等東西，似乎都已經被警方帶回去調查了。」山元先生打開一個空空如也的抽屜，隨即又關上。

「沒有日記本之類的東西嗎？」

「好像沒有。不過筆記本上倒是密密麻麻地寫了一堆東西。」

談話到這裡中斷。

我望著整面貼滿了傳單的牆壁，表演場地幾乎都是京阪神一帶的小型 Life House，四人站在舞台上的照片也與這些傳單混在一起。背著 Flying V，些微下腰的山元優嗣，不知道是不是故意的，臉上露出百無聊賴的神情，有些酷酷的。下巴細尖，纖細頑強的感覺與父親頗爲神似。

我看著放在窗邊的兩把吉他，失去主人的樂器似乎很寂寞。

5

用賀才比約定時間晚一分鐘到，卻頻頻點頭說「不好意思」。那纏著華麗頭巾的頭與戴墨鏡、留著山羊鬍的外型實在格格不入。

「昨天深夜時也向你請教過一些事，眞是不好意思。」鮫山警部補十分客氣地說。用賀與濱本都是聽到優嗣被殺害而趕往醫院，所以昨晚已接受過警方的偵詢，現在只是有些事想再確認一下。

「這兩位就是火村教授和有栖川先生嗎？你們好。」

他掏出陽名片遞過來，似乎是藉推銷專輯之便而印製的。名片上印著「夢之腦髓地獄・鼓手・用賀明」，「明」的旁邊還註有平假名「めい」，滿特別的名字。（註：明在日文中的唸法不一，此

處念 mei）

「聽說你們還有一些事要問，請別客氣，儘管問沒關係。對了，不好意思，我還指定碰面的地方，因爲我不想被附近鄰居閒言閒語，家母經營美容院，要是傳出『他們家兒子好像因爲兇殺案遭警方偵訊』的這類流言，我怕會影響家裡生意。現在光是『用賀先生他們家那個阿明整天搞音樂，遊手好閒』之類的流言蜚語就夠他們受的了。」

他指定的地方是離美國村有一小段路的小咖啡廳，大概是他想獨處時常來的店吧！與進口唱片行並排於住商混合的大樓二樓，店內十分狹窄。

「你眞體貼你母親。」

一聽我這麼說，他立刻不好意思地搖搖頭說：「沒有啦！其實家母是覺得沒關係，不過我還是怕會影響到生意。」

他點的咖啡送來後便進入正題。關於優嗣的爲人，他和彩花的說法一樣，很好相處，不是會與人爲敵的人。

「他在樂團中具有什麼樣的地位嗎？」火村叼起一根駱駝香菸。「除了擔任吉他手以外。」

「我也能抽一根嗎？地位啊，該怎麼說好呢……」留著山羊鬍的鼓手往天花板吐了一口七星牌的香菸。「濱本領導整個樂團，詞曲幾乎都是由他一手包辦，優嗣只在一旁默默彈吉他。雖然樂團的風格與他眞正想做的音樂有些出入，不過我想這種事每個樂團應該都有吧！況且專輯也發了，他應該很滿足才是。——你們聽過我們的歌嗎？」

「還沒。」

用賀開始說明：「我們的曲風強烈，晦暗的歌也比較多，加上濱本對文學很有興趣，雖然不是那種肯定大賣的主流歌曲，不過也不差哦！濱本的聲音夠水準，鍵盤手彩花的快速指法也很酷，雖然有時與曲風不合，但當優嗣獨奏時，還是有很多樂迷拜倒在他的重金屬搖滾中，再加上我的激越鼓聲，絕對是高潮迭起。」

「有機會一定洗耳恭聽。——其他三人從高中起就一起組團，你是後來加入，然後才組成『夢之腦髓地獄』的嗎？」

「是的。我看到樂器行的留言板上貼著應徵鼓手的字條，便主動和他們聯絡，覺得他們人都不錯，所以便加入了。恕我自誇，我們眞的是個感覺很好的樂團。」

「彼此感情也很融洽嗎？」

「至少我是這麼覺得。」

鮫山似乎在等待時機插話。「關於這件事，你的說法似乎與昨天不太一樣。」

雖然用賀故意裝糊塗，但還是不情願地說了。「我昨晚是一時打擊太大，不小心說溜了嘴啦！你是指濱本懷疑優嗣與彩花的關係，有點吃醋的事吧？唉呀，我眞是個大嘴巴！請你們忘了這回事吧！他們根本沒搞什麼三角戀情。」

「依澤口小姐的說法，她與優嗣並非情侶關係，這與事實有所出入嗎？」

「若她這麼說，那就是了吧！其實我也覺得他們之間沒什麼，但是濱本似乎不這麼想。彩花和優嗣住得近，當然多少會關照他一下，送個晚飯之類的，那全是濱本胡亂猜測而已。」

「你是說他有所誤會嗎？他們曾因這件事發生過爭執嗎？」

「沒有。」

「就你所知，從沒有過嗎？」

鼓手摘下墨鏡後，出現了一張比想像中更沉穩、更知性的臉。

「當然。不論什麼問題，我都就我所知的回答你們。譬如優嗣有兩個眼珠，齊柏林飛船的鼓手是約翰．博納姆。」

他的語氣帶著刻意的挑釁，看來他也有急躁的一面。不過鮫山早就準備了更令他不耐的問題。

「昨天你是去宅配公司打工吧！晚上八點離開位於攝津富田的配送中心，之後獨自前往梅田一帶的遊樂場，回到家已經十一點半，這期間都沒和任何熟人碰面，對不對？」

「沒錯，如同昨天我在醫院所說的。」

「也沒和優嗣先生聯絡囉？」

「是啊！」用賀似乎有點畏怯。「我沒有和他通過電話，也沒有去他那裡練吉他。我知道你們想說我沒有具體的不在場證明，但我倒想聽聽你們爲何會懷疑我殺害優嗣呢？」

「我們只是因爲調查報告所需，程序上必須向你確定一些事情，請別在意。」

「怎麼可能不在意。對了，我也是聽彩花說的，優嗣臨終前不是曾說過『YAMAMOTO』嗎？那是兇手的名字嗎？」

「關於『YAMAMOTO』這姓氏，你有什麼想法嗎？」

「沒有。我熟識的親友中，只有優嗣姓『YAMAMOTO』而已——啊！」

因爲他突然驚呼，鮫山趕忙探身詢問「怎麼了」。

「優嗣那小子在臨死前說出自己的姓氏，的確有點不太合邏輯，莫非他是指自己的親人？查一下他的親戚，應該有不少同姓的人吧？」

並不多，只有父親山元昭喜一個人。雖然還無法確定優嗣的父親在案發當時是否眞的在東京，不過這是推理之外的論點吧！

「你認爲如何，推理大師？這個推理可以成立嗎？」

「太牽強了！若兇手眞是他的親人，他應該會說『父親』、『神戶的伯父』或『堂哥太郎』之類的，更何況優嗣當時處於瀕死狀態，應該會盡可能精簡想說的話，不可能先說『YAMAMOTO』。」

我完全否定這個推理，鮫山卻對這個問題頗感興趣。

「優嗣的親人只有他父親，你會這麼懷疑是基於什麼理由嗎？」

「不是的，我根本連他父親是什麼樣的人都不知道，只聽說他父親任職於知名的保險公司，現在住在東京。」

「曾聽優嗣說過他和父親之間的關係如何嗎？」

這也是鮫山提出的問題。

「一般人過了二十歲就很少會說我爸怎樣怎樣的吧？我只聽他提過他父親一次，不過也只說了句『他在東京過得很好』而已。」

「這樣啊……」

見到鮫山沉默下來，用賀反問道。

「聽彩花說，優嗣不只說出『YAMAMOTO』這個姓氏，還用自己的血在牆上寫了個Y字，這個Y不是要寫『YAMAMOTO』的拼音嗎？」

鮫山看著我們，似乎想聽聽犯罪學家與推理作家有何見解，因爲要將Y聯想成『YAMAMOTO』並非不可能。

「這麼解釋如何？澤口小姐確實聽到優嗣先生說了『YAMAMOTO』，可是他在瀕死之際應該沒必要再寫一次，所以他其實是留下其他的訊息，但那究竟是什麼，目前卻無法推測出來。」

「也許優嗣是想確定彩花眞的聽懂他說的話，所以才想寫下來？」

這種可能性也不是沒有，不曉得火村的看法如何？我瞥了他一眼，只見副教授正以食指抵唇，這是當他的腦細胞開始活動，企圖整合些什麼時的習慣動作。

「完全沒想法。」

鼓手聽到他的回答，顯得有些失望。但是，那應該是騙人的吧！他搞不好已經知道答案了——只是現在不能說。

6

等用賀一離開，鮫山立刻打電話回都島署的搜查本部，向船曳警部報告方才的會面經過。

我啜飲有點冷掉的咖啡，向火村說：「雖然怎麼看都與艾勒里．昆恩的《Y的悲劇》無關，不過還眞是個與Y字關係很深的案子呢！死者山元優嗣的名字縮寫爲Y．Y，他留下的死前訊息也是個Y字，『YAMAMOTO』這個意義不明的字也是Y開頭，就連兇器的形狀也是Y，還有他們的樂團『夢之腦髓地獄』的拼音也是Y字起頭。」

火村默默地吐了一口煙。

我繼續說道「但是牆上的Y字只寫了一半，眞搞不懂那到底是什麼意思。奇妙的是，死者還留下『YAMAMOTO』這句遺言，難不成眞的只是死者在自報姓名嗎？」

「也許吧！」

「還是澤口彩花聽錯，聽成別的字了呢？」

「這個我也有想過。」

「對了。你之前說什麼『眞是不乾脆』時，是不是眞的有東西卡在牙縫裡啊？」

「因爲菜沒煮爛，沒辦法啊！」

我想了一下才回敬他。無法立刻對他的毒舌展開反擊，實在很懊惱。

「如果你再多等一下，這道菜就會煮得比較好嗎？我看你大概是連瓦斯都懶得開，直接就這樣端出來的吧！」

「那樣的味道應該也還好吧！」

那你來嚐嚐我的啊！——我正想向他這麼說時，鮫山剛好講完電話。

他收起電話說：「眞是抱歉。——關於我們等一下要和濱本碰面的事，警部給了我一些新的情報。」

「濱本怎麼了嗎？」我問。

「是關於他在案發時的不在場證明，似乎無法成立，對他有點不利。」

警方認爲他有重大嫌疑嗎？

「是因爲濱本欣彥對山元優嗣懷有妒心，進而認爲他有犯案動機嗎？」

「這一點當然也列入考慮。另一個理由就是那句『YAMAMOTO』。有些員警認爲澤口彩花有可能將死者所說的『HAMAMOTO』誤聽成『YAMAMOTO』。」

「不太可能吧！」我苦笑。「雖然『YAMAMOTO』與『HAMAMOTO』的確只差一個音，可是語調完全不同。也許有些地方腔調在說這兩個字時的音調一樣，但是死者與澤口彩花都是道地的大阪人，不是嗎？不太可能會發生聽錯這種事。」

「我的想法與有栖川一樣。」警部補附和，接著又說，「不過，一般都會先由與死者關係較近的相關人物開始調查，況且死者在瀕死之際的發音或許不會很清楚。」

眞是牽強的假設。

鮫山繼續說：「若解釋爲『HAMAMOTO』是能說得通的，也能輕易說明寫在牆上的血字Y。」

也就是說，優嗣本來是想說「是濱本欣彥幹的」，但是卻無法確實傳達給彩花，因爲她一直聽成『YAMAMOTO』，他想糾正她，卻發不出聲音，於是用食指沾血想在牆上留下『よしひこ』（註：濱本欣彥的日文平假名寫爲はまもと・よしひこ，唸作 hamamoto yosihiko）這幾個字……

我看向火村。「火村教授該不會也認爲是『HAMAMOTO』嗎？」

「如果是，大概會被有栖川老師瞧不起吧！」

啊、被擺了一道。他這塊臨床犯罪學家的招牌——我幫他掛上的——看來也得幫他卸下來了。

「就算我願意讓步，認同將『HAMAMOTO』誤聽爲『YAMAMOTO』的假設，但是我對牆上血字的解釋還是無法接受。如果死者想傳達兇手就是濱本欣彥，不是還有其他的寫法嗎？像是濱本這個姓氏的第一個字母『は』，或是寫個『濱』字也比較合理，不然寫名字『よしひこ』也可以，特地寫個英文字母實在很奇怪。」

「你說得沒錯。」

副教授用力點頭，看來他並不贊成誤聽的說法。那就好，我還是先將拆下的招牌掛回去好了。

本來還想問他有沒有其他假設或看法，卻被鮫山打斷。他說差不多該前往與濱本約好碰面的地方了，並拿著帳單站起來，所以我們也跟著起身離開。一走出涼爽舒適的咖啡店，因爲外面的溼度比較高，突然覺得好熱。

七月初的白晝變得很長，明明快六點了，太陽卻還高掛天邊。充滿青春氣息的繁華街道上，處處可見大膽展露身材的年輕女孩，從各個商店內流瀉而出的音樂全混雜在一起，我們彷彿正撥開這些音樂似地，匆匆趕往與濱本約好的地點。明明可以將他約到剛才的小咖啡廳，讓他與用賀兩人一起接受偵訊，但我們卻沒這麼做。

「夢之腦髓地獄」的團長所指定的是一間位於無國籍料理餐廳樓上的小咖啡廳。這間店不僅空間狹窄，還像洞窟般昏暗，比剛才那間店更有特色。牆上掛著繪有西瓦神的壁毯，店內飄著薰香與西塔琴（印度的傳統樂器）的琴音。

在角落的窗邊有一個身穿緊身T恤的金髮男子，他正用吸管喝著白濁的飲料。我不禁想起貼在優嗣房間的傳單。當兩方的眼神一交會，鮫山立刻揮手說了句「你好」。

「你們已經和用賀見過面了吧！他剛才打電話給我。」

濱本開門見山地拋出這句話代替招呼，他的手機就放在玻璃桌上。

「爲了方便套我們的話，互掀對方的底，所以刻意將我們分開，個別問話嗎？其實我們都沒什麼好隱瞞的呀！刑警先生想問什麼，我都會盡力配合的。彩花也打過電話給我，那位是犯罪學家，這位是推理作家吧！」

他很正確地指出我和火村。

「不是什麼互揭瘡疤，只是考慮到你們或許有比較私密的事不方便在好友面前開口。」

鮫山的口吻很客氣，但是對方若眞能理解才有鬼。

在等待冷飲送來的這段時間內，濱本先開口問：「看來你們眞的在懷疑我吧？不但約談了我好幾次，還去我打工地方問東問西的。」

警部補對他解釋，其他成員也被約談過好幾次，至於前往打工的地方查訪乃是出於調查程序所需。但是濱本看起來還是很緊張，雙手交臂，不停變換坐姿，好幾次重新坐直身子，喉結下方的項鍊也跟著不停晃動。他的眉尾上揚，一臉精悍樣，但感覺卻挺神經質的。

「用賀很懊惱說了一些會讓你們誤會的話，他說若你們誤會我與優嗣之間有什麼衝突，要我千萬別放在心上，務必向你們傳達我們團員的感情很好，專輯也出了，今後將更團結、更努力之類的話。」

鮫山表現出很能理解對方的態度，接著又微笑地對他說：「身爲辦案人員，必須檢證所有關係人士的不在場證明，這個工作就是這麼講究前後因果。」

「算了，無所謂啦！」濱本也笑了出來，「那麼我的不在場證明如何？能成立嗎？」

原本看來還頗爲從容的他，一聽到鮫山的回答，臉色立刻變得很難看。

「不會吧？我的不在場證明居然不能成立，怎麼會有這麼離譜的事！又不是一個人窩在家裡，我可是到繁華的心齋橋一帶很努力地發面紙，和幾千、幾萬個人擦身而過耶！況且警方不是已經確認過我從五點到十點一直都在心齋橋那裡嗎？我根本不可能在十點之前到優嗣那裡殺害他啊！」

「關於這點，警方的調查不是進展地很順利，因爲你和太多人接觸過。」

「……什麼意思？」濱本撥弄著仿刀劍墜飾的頸鍊。

「和幾千人擦身而過，向幾百個人遞出面紙，那些完全陌生的人怎麼可能記得你？就算是你也記不得他們吧？那就像對著鴿群撒麵包屑一樣，根本無法證明你在哪裡、和誰見過面。」

「這我知道啊！」濱本也承認。「我說和幾千個人接觸過只是一種誇飾，但是打工場所的經理應該很清楚，我在那段時間內一直都在南塔半徑五十公尺以內的範圍發面紙，他每隔三十分鐘到一小時都會過來查班一次啊！」

鮫山搖頭說：「他只是確認你們有沒有遵守將男用與女用的面紙分開發送，以及一人發一包的原則。如果沒有確實遵守就得將你們炒魷魚，這些都是當初簽約時就規定好的。不過規定歸規定，那天你的雇主，也就是那位電話俱樂部的經理，一次也沒去巡過。我們所確認到的事實是，昨天下午五點，你離開打工的地方後，便接著去街頭發面紙，十點半推著裝了剩餘面紙的台車回到公司。也就是說，你的不在場證明無法成立。」

濱本不停地搔著他那頭金髮。

「這算哪門子的搜查啊！我說你們警察啊！就算經理偷懶沒來查班，你們應該也找得到幾個目擊我揮汗工作的證人吧！譬如同樣在附近發面紙的工讀生，附近店家的店員之類的，難道你們連這些都沒調查嗎？」

「這些我們當然都做了，可惜結果不如你所期望。我們找不到任何曾目擊金髮年輕男子在那一帶發面紙的證詞，大家都說不記得有這個人，或是沒印象之類的。倒是有人表示曾看到載著面紙箱的台車放在大樓陰暗處好長一段時間。但是，這對你而言也不是什麼有利的證詞吧！」

濱本看來似乎十分失望，不過嘴角旋即漾起一抹淺笑。

「原來如此，發面紙的人簡直與透明人沒兩樣！就算染了多麼醒目的金髮，看起來也不過是個打扮挺搖滾的小混混。這眞是一個不錯的創作題材啊！我來寫一首『看不見的不在場證明』好了，應該還滿合我們樂團的風格。我可不是會被輕易打倒的傢伙喔！」

「眞不愧是創作型歌手。」

被我這麼一誇，他似乎很高興。

「不錯吧！這是個就算發生再怎麼不愉快的經驗，也能將之化爲靈感的工作。小說家不也是這樣嗎？」

「嗯，也是啦！」

不過，我基本上並不希望有什麼不愉快的經驗。

「你們聽過我們的歌嗎？雖然是以夢野久作的作品當樂團名稱，不過卻一點也沒有夢野久作的風格。」

「團名果然是取自《腦髓地獄》這本書吧？」

「當然囉！我們的搖滾宗旨就像讓腦髓不停顛倒扭轉的『切支丹伴天連』（註：一種傳自葡萄牙的邪教，對神父的敬稱）幻術般……對了，這名字是我在迴轉壽司店夾鮪魚壽司時突然想到的，聽起來有點隨便吧？你們沒聽過我們的音樂嗎？這樣啊，那這個送你們。」

他打開放在腳邊的紙袋，取出一卷卡帶。標籤上寫著「MONK」。這是指爵士鋼琴家孟克（註：Thelonious Monk，美國爵士樂名人）呢？還是取自路易斯（註：M.G.Lewis，一七七五至一八一八年，十八世紀黑色恐怖小說的代表作家之一）的恐怖小說？好像都是，也好像都不是。

「都是一些抒發牢騷的歌，靈感是來自路易斯的小說《僧侶（The Monk）》。因為是試聽帶，所以只收錄一首歌，雖然是在自宅錄的，但音質還不錯喔！」

「你看過很多書吧！」

「我只是不想當個頭腦簡單的音樂人罷了。日本人很容易就會成為那種人，而我不過是喜歡將感受透過歌曲表達。英國的鐵娘子樂團不是就將柯立芝（註：S. T. Coleridge，一七七二到一八三四年，英國浪漫時期詩人）所寫的〈老水手之歌〉改成重金屬搖滾樂嗎？雖然他們的歌聲還算差強人意，不過能作出這樣的曲子就證明他們並不是一群沒有腦袋、沒有想法的傢伙，更足以推翻世人對音樂人的觀感。」

他並不是在吹噓自己將團名取為「夢之腦髓地獄」是多麼有創意的事，但也不是隨口聊聊。我向他道謝後收下帶子。能確定的是，他對自己創作的音樂有著絕對自信。

「『夢之腦髓地獄』是以你為中心嗎？」

這個問題似乎讓濱本有點不滿。

「我們並不是只憑我個人喜好運作的樂團，我們講求分工合作，負責創作的不只是我，我們也常會在演唱會上表演優嗣寫的歌，有幾首是還不錯……」

「不太能接受他的風格嗎？」

「應該是說他自己不滿意吧！這張專輯原本想收錄一首他的創作，可是卻被他婉拒，他說『一旦收進我的歌就沒味道了，還是不要好了』。他在這方面是絕不妥協的人，自我要求很高，總是說『我的歌還欠缺什麼』。」

眞是謙虛的搖滾歌手。

火村突然插話問道：「他認爲自己欠缺什麼呢？」

「他好像覺得自己有很多東西都不夠，譬如對人不夠有戒心，也說過『從沒有感覺到別人對他的嫌惡』這類讓人聽不下去的話。其實我是希望他能更靈活運用自己對別人的影響力。」

他有些落寞似地垂下眼，隨即又倏地抬頭看向我們三人。

「或許你們會認爲這不過是出自一個犯人的拙劣演技，但是，我從昨天知道消息後就一直很消沉，一想到當我在發色情俱樂部的無聊廣告時，我最重要的朋友竟然遭人殺害，心中的怒氣就遠勝過哀戚之情。」接著他看向鮫山，語氣更爲強烈。「請你們一定要將兇手繩之以法，要是這件命案遲遲未決，我一定會寫一首侮辱警察的歌曲，並讓它大賣。」

與濱本的談話在沒有具體收穫——至少我是這麼覺得——的情況下結束了。我在窗邊看著濱本走出店外，大步離去。

這時鮫山不知爲何點了個頭說：「總之先跟緊濱本。」

「……跟緊？」

「森下就站在那邊。」

視線移回街上，一個T恤背後有印花、穿著牛仔褲的年輕男子不知從哪裡冒出來，亦步亦趨地跟在濱本後面。聽鮫山這麼說，那個背影八成就是鮫山的部下——森下刑警。總是穿著一身亞曼尼西裝的他，現在已徹底融入美國村的氛圍，搞不好他還特地到附近店家找件適合的T恤來變裝呢！

「不過……大阪府警局的刑警還眞有一套啊！」

T恤背後印著用紅、黃、綠三色繪成大麻葉圖案。

7

我們走出昏暗的店內，依火村的要求再度返回現場，搭上地鐵的長堀鶴見綠地線，再換搭谷町線到都島車站。副教授說「有件事想向澤口彩花確認一下」，好像漏問了她什麼事。時間是七點過後，初夏的暮色開始深沉。

我們抱著希望她在家的心情前往，正好遇上彩花在顧店，她母親則是在準備晚餐。

「有什麼好消息了嗎？」她看著我們，探身問道。

「沒有。只是忘了問妳一件事，只要回答我一個問題就行了。」火村拿出筆與筆記本，翻到空白頁。「優嗣先生即將失去意識之前，不是在牆壁上寫下一個Y字嗎？希望妳能仔細回想一下，那時他沾了血的手指是如何動作的。」

彩花接過筆記本與筆，不確定地發出「嗄」的聲音。

「我想確定他想寫的究竟是不是字母Y。因爲若是判斷錯誤，有可能會打亂整個搜查方向，所以希望妳能忠實再現當時他寫字的筆順。」

她「喔」了一聲，握筆思考了五秒鐘。「大概是……這樣吧！」

——先畫一豎，再寫個Ｖ。

一瞬間，我心想：眞不自然！

「他在寫Ｙ這個字的時候竟然是這樣寫的，筆順眞奇怪。你覺得呢，鮫山先生？」

警部補試著在自己的掌心寫一個大大的Ｙ字，同意我的說法。「一般應該不會這麼寫吧！」

我曾聽說過英文字母的書寫方式沒有一定的筆順，就算是寫Ｙ這個字母，也是憑各人喜好，所以先寫一豎，再寫個Ｖ的特例應該不能說完全沒有吧？

「那時並不覺得有什麼，可是這種書寫筆順眞的很奇怪。」彩花顯然也有點訝異。

或許——那不是Ｙ。是因爲優嗣的手已不聽使喚，才會剛好寫成一個像Ｙ的字。

那就先這樣假設吧！那麼，他眞正想寫的是什麼呢？這個我們無從得知，他也許是想寫羅馬數字的Ⅳ或Ⅵ，或是Ｍ，當然也有可能是想寫Ｎ卻寫歪了，不然就是想寫Ｉ和Ｖ兩字。當然，這範圍並不限於數字或英文字母，平假名、片假名和漢字均包含在內，總之他是想寫什麼，但卻寫偏了。

「如果不是Ｙ，實在很難確定他想寫的到底是什麼。」這是我的結論。

火村再度伸出食指撫了撫唇，然後從彩花手上拿回筆記本和筆。「謝謝妳，很有力的參考。」

離開澤口舶來品店，前往案發現場時，我一直向走在前面的火村搭話。

「想解讀牆上的血字似乎不太可能，因爲不論寫什麼都有寫歪的可能。那或許是某個漢字的一部分，也或許是以奇怪筆順寫成的Ｙ。看樣子，只有死去的山元優嗣才知道自己寫的是什麼。」

火村只簡短地回答：「是嗎？」

他已經解開謎底了嗎？可惡！我一定要反擊！

「不可能解讀。那個也許是歪斜的文字。不，不能保證一定是文字，也有可能是圖畫之類的，總之有無限可能性，絕不會有正確解讀的方法。」

「我不認爲有無限可能性。」他還是一樣目不轉睛地直視前方。

「GURANCASA 都島大廈」就近在眼前，幾乎所有窗子都亮著燈。

「鮫山先生。」火村突然轉向警部補。「麻煩你轉告船曳警部，我有事想問住在命案現場樓下的山崎先生，想再確認一下兇器掉在地上時的聲音。麻煩你了。」

鮫山表示沒問題。「只要他沒出門應該是可以。他曾誇口自己是靠玩股票生活，所以都是在家工作，我想應該他應該不會外出。」

上了四樓，來到５０４號的房門前。

在按下寫著「山崎洋二」的門牌下的電鈴之前，火村忽然對我說：「有栖，聽好了！等一下就算聽到什麼令人意外的事，也不要露出驚訝的表情。」

「……你是說會發生什麼事嗎？」

「敬請期待吧！也有可能什麼都不會發生。」

我雖然很在意，可是也沒時間多問。火村按下電鈴，對講機隨即傳來「來了」的回應，火村示意鮫山開口。

「我是白天曾拜訪過你的刑警鮫山，現在方便打擾一下嗎？」

門開了。出來應門的是個身穿黑色運動服，年約三十出頭的男子。鬍子雜亂未刮，頭髮蓬亂，可能是因爲整天都坐在電腦前進行股票交易，所以不太注重儀容吧！而且臉色也不太好。

「沒打擾你用餐吧？」警部補問。

「沒有。」穿著運動服的男人回答。

「那就好。我們想實驗一下你白天所說的事。等會兒樓上會重現案發經過，麻煩你將那聲音與昨晚聽到的聲音比較一下，如果有什麼不一樣的地方，希望你能告知一聲，頂多占用你五、六分鐘的時間。對了，這兩位分別是專門研究犯罪社會學的火村教授與有栖川先生，他們兩位希望能參與實驗，可以嗎？」

「喔……嗯，可以啊！」

大門敞開，鮫山行個禮道：「那麼，我這就到樓上去，五分鐘後就會進行實驗，請注意聽。」

警部補爬樓梯上五樓，５０４號房的主人面無表情地招呼我們進屋。報紙與財經雜誌散落在客廳的桌子與沙發四周，每本雜誌都貼了許多便利貼，看來他眞的是靠投資理財過活。

「有賺錢嗎？」我隨口問道。

「還好啦！」投資家微笑，看來好像做得不錯。

「樓上傳出聲音時，我剛好在最裡面三坪大的房間，如果要實驗，還是過去那裡比較好吧？」

「也是。」我回答他。

火村不知爲何一直盯著他的側臉，眞是個奇怪的傢伙！人家臉上又沒沾著什麼。

我們來到桌上放著兩台電腦的房間，等待鮫山進行實驗。方式是將放在優嗣房裡的 Les Paul 往地板重摔。不過，這麼粗魯地對待樂器，眞是令人痛心。

「應該快開始了吧！」我瞄了一眼手錶。

就在這時，火村開口說：「不好意思，請問……」

「什麼事？」

「我們是不是在哪裡見過？」

「我和……你嗎？」火村點頭。

這還眞是湊巧，所以你才頻頻偷瞄他嗎？

「我不認識什麼大學教授啊！我們是在哪裡見過面嗎？」

「我想你大概忘了……你是姓『YAMAMOTO』，對吧？」

「啊、嗯，是的。」

我用手摀著嘴，拚命壓抑驚呼聲。

8

三天後。

搜查本部將住在504號室的男人依殺害山元優嗣的罪嫌逮捕，兇嫌於拘留的第二天供出犯案經過。雖然警方沒有延長拘留期間以進行更詳細的調查，但已判斷出要證明兇嫌有明確的殺人動機似乎相當困難，因此先將「YAMAMOTO」依傷害致死罪嫌移送法辦。

9

打開練團室厚重的隔音門走入，濱本欣彥與用賀明正在排練貝斯和鼓。坐在地上、戴著耳機、正喝著可樂的澤口彩花先發現我們，立刻站了起來。

「歡迎歡迎。兩位在百忙之中還來捧場，眞是太感謝了。」

火村搖搖頭，示意她別這麼客氣，以輕鬆的口吻說：「學校剛好放暑假，所以比較輕鬆，不像旁邊這位小說家，整年都在放暑假。」

眞是謝謝你喔！就算是事實也不用說出來吧！

「還麻煩兩位特地跑一趟，眞是太感謝了。」

「別那麼客氣。」

濱本與用賀停止排練，走向我們。用賀摘下墨鏡，放在胸前口袋。

「昨天是第四十九天，時間過得眞快。」彩花悠悠地道。「我到現在還不敢相信優嗣已經不在人世了……但是，還好兇手很快就抓到了，足以告慰他在天之靈。」

「全是託火村教授與有栖川先生的福。」

濱本拿來兩張鐵管椅請我們坐下，其他人也落坐。

「聽說兇手已經供出全部經過了，不過，他會不會在審判時狡滑地翻供呢？」玩著鼓棒的鼓手擔心地說。

「放心吧！」火村保證。「兇手的供述前後一致，優嗣先生指縫間殘留的纖維也與兇手的運動服符合。此外，他在自白中曾說，他打完優嗣先生後因情緒亢奮而流下鼻血，而警方也確實在他說的地方找到擦拭鼻血的痕跡。再加上引發命案的包裹上確實有優嗣先生的指紋，就算他再怎麼狡辯也沒用。」

「聽你這麼說，我就安心了。現在只等兇手接受應有的法律制裁，不過優嗣再也不可能回來了……」

「打起精神來呀！彩花。」濱本將手放在她的肩上。「不是說好要好好表演給火村教授他們看嗎？今天可是優嗣的追悼演唱會，要是漏氣的話就傷腦筋啦！」

今天是他們三人最後一次聚在一起表演，至於今後將如何發展，目前還沒決定，而我與火村則是受邀觀賞這一場具紀念性的表演。

「話說回來，兇手還眞是過分！居然就爲了送錯包裏而起意殺人。如果優嗣裝傻地說『這什麼東西？我不知道啊！』也許就不會遇害。」

與用賀的看法不同，彩花對優嗣的行爲有點意見。

「『這是你的包裹，誤送到我家了』，如果他是這樣好心地拿過去，所有事情就不會發生了。他自己也有不對，誤以爲是給自己的包裹，不小心打開也就算了，既然知道是危險的東西，還故意……」

誤送給山元優嗣的包裹上面，收件人的姓名與地址都是以羅馬拼音標記，也沒有寄件人的姓名。優嗣狐疑著不曉得是誰寄來的東西，打開一看，裡面是以塑膠袋裝起來的白色粉末。優嗣心想，這什麼東西啊？於是再次確認收件人姓名，發現上面寫著「Yoji Yamamoto」，和自己的姓名很像，然後當他看到地址最後面寫著「504」時才恍然大悟。

「GURANCASA 都島大廈」的房號因忌諱，所以沒有以4爲開頭的號碼，因此他雖然住五樓，房號卻是604，樓下的則是504。他猜想，這個包裹應該是寄給樓下住戶的吧？於是他下樓前往504號，發現門牌上寫著「山崎洋二」，與包裹上的「Yoji」吻合，心想原來是將「Ymamazaki」

誤寫爲「Yamamoto」。

「竟然因爲好奇心而惹禍上身。」用賀顯得十分惋惜。「就因爲懷疑那白色粉末是毒品，好奇地偷了一點，沒想到卻惹來殺身之禍。」

塑膠袋裡是高純度的海洛英，寄件者是住在東京的某位美國人。這位號稱只靠玩股票過活的５０４號房住戶，經由網路購買毒品，打算部分自用，部分賣出。

「正因爲是高價毒品，所以就算只偷一點點，也會立刻被發現，因爲兇手很害怕自己的秘密曝光。」

濱本的看法略有不同。「兇手不是說了嗎？他說：『山元優嗣威脅我，約我到他那裡談判，兩人後來發生了激烈口角，我便隨手拿起吉他攻擊他。』其實我曾經想過兇手是不是爲了脫罪才這麼說，不過，優嗣搞不好眞的曾經威脅過他。」

「爲什麼要把優嗣想得如此卑劣？別說這種不負責任的話，這可是事關他的名譽呀！」有些惱火的彩花責備濱本。

「不要生氣啦！我沒有侮辱優嗣的意思，也不認爲他是爲了想撈點好處而恐嚇對方，也許他只是想激發自己心中的『壞念頭』吧？優嗣不是說過嗎？像是『也許是因爲我不曾有害人的念頭，也從沒被別人害過，所以才寫不出什麼特別的歌吧？』之類的話。」

「難不成優嗣他眞的爲了這種事……」

「你的說法太牽強了，濱本。」

彩花與用賀接連駁斥濱本的想法。一旁的我什麼也沒說，火村也只是沉默地聽著。

「好了，別說了。」濱本試圖停止無謂的爭執，「話說回來，我還眞的不知道『山崎』居然可以唸成『YAMAMOTO』呢！日本人的名字可眞是深奧啊！」

我也很驚訝。腦中勾勒出山元優嗣與山崎洋二碰面的情景。

——我住在６０４號室。這個包裹好像送錯了，我想應該是寄給你的吧？而且上面也寫著５０４號室的「Yoji Yamamoto」。

——那應該是寄給我的。山崎要唸成「YAMAMOTO」。

——哦？有這樣的唸法啊？我還是第一次聽說呢！我的姓氏也是唸成「YAMAMOTO」。

我將特地查到的結果告訴他們：「『YAMAMOTO』是山腳的意思，『YAMAZAKI』則是指山巔。雖然詞意相反，但是依看的角度不同也會有不一樣的意思。譬如說，對人類而言是山頂的地方，對神而言卻成了山腳，所以山崎也唸成『YAMAMOTO』。」

這只是一種假設。如果眞是這樣，那平安神宮的「右近之橘」與「左近之櫻」從神殿的角度來看，不就成了「右近之櫻」與「左近之橘」。

「就算眞的有寫爲『山崎』卻唸成『YAMAMOTO』的姓氏存在。但是至少大家都認爲山崎洋二的姓氏應該是唸成『YAMAZAKI』，不是嗎？就連警方去他家查訪時也說『你是 YAMAZAKI 先生嗎？』而對方也肯定地回覆。難不成山崎刻意隱瞞自己姓氏的眞正唸法嗎？」

火村解答用賀的疑問。

「他完全沒有想過要隱瞞什麼。兇手根本不知道優嗣先生臨死前說了『YAMAMOTO』這句話，所以他從沒想過要向警方隱瞞他的姓氏的眞正唸法。」

「若是如此，那他又爲什麼要故意唸成『YAMAZAKI』呢？」

「因爲嫌麻煩吧！」

「啊？」

用賀那玩著鼓棒的手突然停了下來。

「因爲嫌麻煩，所以乾脆用『YAMAZAKI』——這是兇手自己說的。」

「嫌麻煩？那可是代表自己的名字啊！一般不是都會向人解釋『請唸成YAMAMOTO』嗎？」

「換做你，你會這麼做嗎？」

「啊？……嗯，我會。我每次在自我介紹時，一定會請大家唸成『MEI』而不是『AKIRA』。沒辦法，因爲名字很特別，所以得再特別說明。」

「我覺得『MEI』還好，『山崎』要唸成『YAMAMOTO』就挺難的。初次見面的人若沒確認過唸法，百分之百都會唸成『YAMAZAKI』，與其每次都要費心解釋，乾脆就用『YAMAZAKI』，省得麻煩。」

我想起某作家曾發過類似牢騷：與其花時間說明筆名的由來，乾脆說是本名比較省事。

「可是販售海洛因的美國人居然會知道正確的唸法，在包裹上寫『Yoji Yamamoto』，幹這種事不是用假名會比較好嗎？」濱本想不透這一點。

「兇手是以信用卡向對方購買毒品，所以得用本名才行。——這樣瞭解嗎？」對方點了點頭，火村繼續說，「山崎洋二並非因爲知道優嗣先生在瀕死前說的話而故意表明自己姓『YAMAZAKI』。因爲當我假裝認識他，問他：『請問你姓YAMAMOTO吧？』他很坦率地回答我：『嗯，是的。』他當時應該是想：『沒想到這個叫火村的傢伙居然知道我的姓氏的正確唸法，看來應該是在哪裡打過招呼才是。』」

「他回答你的時候，心中一定很詫異。但你們之後是怎麼繼續聊下去的呢？」用賀的問題還眞多。

「都已經起了頭，當然只能繼續掰下去了。於是我隨口胡謅我們是在學生時代到某處旅行時碰過面，可想而知，他當然否定這件事，而且還笑說：『眞巧！居然連姓氏都一樣，搞不好是我的遠房親戚呢！』」

「就算如此……」彩花一臉佩服，「火村教授眞的很厲害！居然連山崎能唸成『YAMAMOTO』一事都知道。」

「不是的，我並不知道可以這麼唸，我只是虛張聲勢，試探性地問問罷了。」火村露出詭異的笑容。

「試探性地……問問嗎？不過還是很厲害啊！換做是我，根本不會去考慮『山崎』也許可以唸成『YAMAMOTO』這件事。」

「不是的，我只是猜想504號室的山崎是否有個叫作『YAMAMOTO』的別名。也許他以前曾待過演藝圈，或是靠搖筆桿為生，所以可能會有個別名。」

彩花似乎還是不太能理解，不耐地聳聳肩，接著問：「但我還是覺得很不可思議，為什麼火村先生會懷疑住在504號室的人呢？704號室的住戶也可能有『YAMAMOTO』的別名，不是嗎？我想知道你懷疑住在優嗣家正下方的人的理由。」

用賀與濱本也有同感地點頭。

火村悠哉地翹起二郎腿。「這是優嗣告訴我們的，也就是他寫在牆上的血字透露的訊息。」

「還是不懂。」濱本撇嘴。「Y字為何是指504號室？」

「那不是Y。」

「我記得火村教授很在意優嗣寫那個字的筆順，託你的福，讓我想起他先寫了一豎後，才加上V字。可是一豎和V為何會讓你聯想到兇手可能是山崎洋二呢？我真的不明白。」彩花說。

「我明白。」我不自覺地低語，三人同時看向我。「啊，不是，我是說，我懂大家為什麼會覺得奇怪，因為我也不太明白你為什麼能解讀出優嗣留下的不明訊息，而且我也不認為那是他想寫什麼字但卻寫歪了，我仍然認爲那個字有可能是Y。」

「那個既非文字也非圖案，而是一個記號，一個箭頭朝下的記號。他想畫個記號，手卻不聽使喚。」

火村在空中劃了一個「↓」給我們看，大家的表情仍一臉茫然。

濱本出聲提問：「也就是說，優嗣想告訴我們是住樓下的傢伙幹的？……但事實上也的確是他做的，所以才推測看起來像Y的字形原來是一個往下的箭頭嗎？但我覺得這其中有無限的想像空間啊！」

「譬如他想寫的是羅馬數字的Ⅵ、或是英文字母的M之類的。」和我有同樣想法的彩花說。

「不，我不認爲那會是Ⅵ、M或N，而一定是箭頭的原因在於，優嗣是在牆上留下訊息。」聽衆還是反應不過來，火村立起食指繼續說，「聽清楚了，倒在地上的他用盡最後氣力，用手指沾血就是想向澤口小姐傳達什麼，連一個箭頭也沒辦法畫清楚的他，爲何執意要在牆上留下訊息呢？明明那麼痛苦，只要舉起右手畫在地上不是比較容易嗎？」

「也就是說，他是故意畫在牆上的……」濱本睜大了眼。

「沒錯，因爲必須表現出垂直的方向才行，除了這個，還有其他可能性嗎？所以我才認爲那是想清楚表明往下的箭頭。」

「可是，火村教授……」貝斯手搔著頭說，「依彩花的說法，優嗣寫完Y之後好像還想寫些什麼，不是嗎？這又該如何解釋呢？」

「這就難說了。我想他大概是發現自己的手不聽使喚地寫了個Ｙ，所以想重寫吧！」

「嗯，這也不是不可能的事……」用賀欲言又止地說，「但是，如果優嗣想傳達是住在正下方的傢伙幹的，在地板上寫下『５０４』不是更清楚嗎？」

「能這樣就好了。就理論上而言，寫『５０４』的風險比較大，而且他也沒有那種餘力，一旦寫得不完整，只寫出『５』或是『５０』的話，就無法明確地傳達出他的意思了！爲了避免這種事發生，他寫了最簡單的訊息，也就是向下的箭頭。」

「那……莫非……」彩花摀著口說，「優嗣用手指著吉他，並不是要說自己是被那東西毆傷的……」

副教授點點頭說：「沒錯，他拚命想告訴妳兇手叫作『Yamamoto yoji』，但是才說到一半就再也發不出聲音，於是他轉而想讓妳知道『兇手就是住在樓下的人』，所以才指著地板，但妳卻誤以爲他是指兇器吉他，因此最後他才用自己的血——」

「我眞是太遲鈍了！我一直搞錯他的意思，他一定很懊惱吧！或許還怪我太笨……」

彩花的眼角閃著淚光，用賀與濱本拍拍她的肩，安慰地說：「優嗣怎麼可能爲了這種事恨妳，他一定很感謝妳一直拚命想理解他說的話。」

「別難過了，我們不是講好要盡情表演，開個狂熱的追悼會嗎？」用賀轉著手上的鼓棒。

「是呀！眞想趕快聽到！」我在一旁起鬨。「『夢之腦髓地獄』的告別演唱會。」

濱本站起來，拿起貝斯。

「眞的很抱歉，我們不演奏『夢之腦髓地獄』的曲子，因爲吉他手不在，那個樂團的歷史已從此封印在那張專輯了。」

當拭去淚水的彩花站起來時，門開了。還有一位來賓——優嗣的父親。

「不好意思，我來遲了。應該還沒開始吧？」

「正要開始呢！請坐。」

這位年輕時曾經寫過〈隨著母神那有塊無法消失的蒙古斑的偉大臀部放的一記響屁而驚醒的早上〉的男人行了個禮後，坐在我挪近的椅子上。

「夢之腦髓地獄」過去的三位團員各就定位。火村以食指與中指放在唇上，吹了一聲尖銳的口哨。

彩花調整好電音合成器之後，向貝斯手和鼓手詢問：「要演奏什麼？」

「這個嘛！」用賀敲了一記鼓，「這樣的組合，加上今天聽衆的平均年齡比較高，我們就來演奏令人懷念的 Emerson Lake & Palmer 如何？」

「ELP嗎？……可是這和我們的曲風完全不一樣啊！」濱本邊說邊調音。

面對不同調的兩人，站在電音合成器前面的彩花不禁嘆了一口氣。

「好了，好了！你們只要跟緊我的即興演奏就對了！」

彩花的靈活手指落在鍵盤上。

女雕刻家的首級

1

「女雕刻家在工作室慘遭殺害。遺體彷彿恐怖電影中精心設計的假屍體，總之死狀很不尋常。有空又感興趣就過來一趟吧！」

被火村英生的電話給吵醒的我，囫圇吞了一片吐司便飛車趕往命案現場。那是九月中旬，上午十一點的事。

命案現場位於大阪府枚方市樟葉的郊區，也靠近京都府八幡市。京阪電車線的樟葉車站前有購物中心與大型超市，基本上還算熱鬧，但是命案現場附近卻只有幾戶圍著竹籬的人家。雖然周遭環境十分清幽，但是我若是女的，晚上實在不敢自己一個人經過這裡。

慘遭殺害的雕刻家被發現陳屍於工作室，那是一間四周被髒污的水泥牆圍起的古老平房。禁止進入的黃色封條外站著許多附近的居民，還有媒體記者穿梭其間。

「不好意思，借過一下。」我突破人群，跨過封條，鑽進圍牆內。不顧周遭人群的怨聲連連，迅速竄進現場。

突破圍觀的人群後，第一眼便瞥見愁眉苦臉的鮫山警部補。戴著銀框眼鏡、彷彿學者似的他，對我輕輕地點了個頭。既然他在這裡，這起案件應該是由船曳警部的班底負責的吧！

「這場騷動不小吧！眞是辛苦你了，有栖川先生。屍體已經抬離現場，所以你沒辦法看到深具衝擊性的藝術作品，眞不知該說可惜還是慶幸啊？」

一小時前從火村的來電中得知發生了一起詭異命案，這在當作飯後消遣的推理小說中算稀鬆平常的事，其中也常描寫到被肢解或被倒吊的屍體等悽慘死狀，但若要親眼拜見實物，那可眞不敢領教。就我所知，大部分寫作本格推理小說的人，只要一離開幻想世界，就是那種連流個鼻血都會怕得要死的人。

「深具衝擊性的藝術作品嗎……不過我都還不知道是什麼樣子、什麼情況啊！」

「唉，那個畫面眞的不太好看，還是算了吧！」

看警部補一臉認眞，不曉得他是眞的爲我擔心？還是只是開玩笑？總而言之，我先跟著他進入屋內。庭院裡的樹木看起來並沒有好好整理，在一邊的角落有個乾涸的小水池，旁邊還立了個石燈籠。打開有點卡住的格子窗，一股潮溼的霉味撲鼻而來。走廊木板吱嘎作響，天花板還有漏雨的痕跡，看得出屋齡已有五十年左右。

走廊在廚房入口前呈L型向右彎，將走廊盡頭的門打開，便是一間約七、八坪大小的工作室。三面牆擺了許多石膏像、青銅雕像，還有題材詭異的作品，室內瀰漫一股異樣氣氛。只有這裡是近十年才翻修過的，因此散發光澤的地板並沒有任何霉味。工作室裡包括刑警與鑑識課人員共六人，正在進行現場蒐證。

「看來死者與兇手都是藝術家啊！」

將黑色襯衫袖子捲至手肘的男人回頭向我們說道——是火村。

他是英都大學社會學系副教授，專門研究犯罪社會學，常協助警方偵察各種刑案，並稱其爲實地考察，至今已解決過不少懸案。我和他從大學開始認識，到現在已經有十四年了，早已習慣彼此互相調侃的說話方式。

「不要每次一發現詭異屍體就說那是推理作家的事啦！案子畢竟是發生在現實生活中，那可是你的領域啊！」

火村舉起戴著黑色絹絲手套的雙手，聳了聳肩。「我是猜想，這種樣子的屍體在推理小說中是否有例可尋，因爲眞的太詭異了！所以才想快點聽聽大師的意見。」

我是以助手的名義來此，當然希望多少能幫上忙。當我正想說「有什麼問題儘管問」的時候，身後傳來腳步聲，走廊也同時發出吱嘎巨響。回頭一看，原來是頂著大肚皮，穿著吊帶褲這個註冊商標的船曳警部走了過來。他因爲有一顆色澤光亮的禿頭而被部下暱稱爲「海和尙」。

「我們正在等你呢，有栖川！因爲火村說想聽聽你的意見。」

你們還是別抱太大期待吧！我突然有點想回家了。

「這裡就是陳屍處。」火村用腳尖指指工作室地板正中央用白色膠帶貼成的人形，其四肢大大伸展，看起來很像在跳舞……

「首級與身體之間有五公分的空隙……也就是說，身首異處嗎？」還眞是詭異又駭人的死狀。對我的詢問，火村給了我意外的答案。「是啊！死者的首級應該是被兇手鋸斷的，而且到現在都還沒找到。」

那地板上描繪的首級又是怎麼回事？

「那是拿來代替死者首級的東西——就是那個。」

火村用手指著最裡面的那張桌子，上面放著一尊石膏頭像，看起來很像是米羅的維納斯像，的確令我大爲驚訝。

「兇手不但殺害死者、砍下首級，還拿石膏頭像放在屍體頭部的位置？爲什麼非得這麼做？」

「嚴謹一點的說法是，沒有證據確定殺害死者與玩弄死者遺體的是否爲同一個人。若非同一人所爲，這將是另一道謎。因爲無法判斷到底是誰，又爲何這麼做，所以才想聽聽你的意見，看看小說或電影裡是否曾出現過類似情節？」

原來我也有讓通曉古今東西殺人事件的火村副教授比不上的知識啊！原來如此——可惜我無法提供任何有利情報。

「我想應該沒有吧！雖然有些小說和電影中有屍體被砍下首級的情節，可是特地拿雕像代替的情形，在我的印象中並沒有看過。不過，橫溝正史的《犬神家一族》是有拿人頭代替菊花人偶（註：用菊花或其葉裝飾而成的人偶）頭部的橋段，勉強算是相近些吧！」

老實說，要我對照國內外推理小說和恐怖電影的情節，我實在是沒什麼自信。萬一被別人指出上個月上演的電影就有類似情節的話，也只能認栽地敷衍過去了。

「拿人頭代替菊花人偶的頭……剛好相反呢！不過小說和電影中應該有解釋兇手這麼做的理由吧？」船曳警部問。

雖然《犬神家一族》裡有提到這樣的情節，可是作者只說那是因為兇手發瘋，若要與發生於現實中的這起命案產生關連，實在太過牽強。

不過，我終於能理解鮫山那句「深具衝擊性的藝術作品」，還有火村會說「死者與兇手都是藝術家」的意思。

室內突然靜下來，沒人開口說話，只有鑑識課員用刷子採集指紋的沙沙聲。

我走近放在桌上的維納斯頭像。該頭像的五官雖然散發沉穩氣質，但脖頸處還沾著觸目驚心的暗紅色血跡。

「那個頭像是死者正在製作的作品之一部分，本來應該是放在那裡，上面還留有被強取下來的痕跡。」警部指著放在左側窗邊的作品說。

看來是一件尚未完成的作品，可是完成後會是什麼樣子呢？實在很難想像呀！因為放在那裡的不是無頭的優美維納斯雕像，而是巨大的紅色勾玉。不，這是蛋吧？表面還有幾道裂痕，怎麼看都像是蛋殼快剝落的樣子，從裂縫中突出一個酷似酒神巴卡斯的大鬍子男人頭，還有手腕纏著鐵絲的嬰兒像。

「感覺滿駭人的！」鮫山率直地說出感想。

雖然我沒資格評論這件作品該如何鑑賞，不過仍能確定紅色勾玉的一部分有缺損。由其斷面與直徑看來，不難推測維納斯頭像原本應是嵌在這裡。腦海中光是浮現兇手砍下維納斯頭部的情景，就覺得兇手實在太過殘忍了。

「你看過屍體了嗎？」

火村從褲後口袋掏出某樣東西說：「看過了，就是這個。」

他拿出一台小型的數位相機，將拍下的屍體照片調出來給我看。照片中是一個穿洋裝仰躺在地上的女人，無法窺知她的表情是痛苦或駭人，因爲她的首級已被砍下並拿走了。頸部的切面與塞入墊肩的肩膀線條呈現一直線，怎麼看都覺得既滑稽又恐怖，原本應該是首級的位置，諷刺地放了一個聖潔的女神頭像。

如果告訴別人這是一張藝術合成照，應該會有不少人當眞吧！但是，這張照片可是完全未經加工，若創作素材眞是屍體……只能說創作者絕對是瘋了。不，要用這個做結論還太早，如果兇手沒瘋，應該會有這麼做的理由。

「光看這張照片實在無法判斷死因。」

「致命傷很可能在頭部，因爲現場有發現疑似兇器的東西。」

雖然為了進一步鑑識早已帶離現場，不過火村已有拍下來。照片中的東西怎麼看都是一根瓦斯管。這裡明明沒有進行任何工程，為何工作室裡會有這種東西呢？不過，仔細想想，這也許是雕刻家用來創作的素材吧！

「長約八十公分，距離前端約十五公分處開始有明顯的血跡反應，上面的指紋被刻意拭去，足以說明這就是兇器。另外，這個是切下首級的另一個兇器，是死者創作時使用的工具之一，也是原本就放在這裡。」

火村換了一張鋸子的照片給我看。因為鋸齒部分留有血漬與白色粉末，推測兇手應該是用這把鋸子先割下死者的首級後，再鋸下維納斯頭像。

「屍體身上沒有其他外傷嗎？也就是說，只有頭部受創？而且還把兇器留在現場，果然是一件離奇的案子！」

「果然是這樣嗎？」船曳警部問道。「你想到了什麼可疑之處嗎？」

「沒，沒有什麼。」

雖然無法猜透兇手為何要拿頭像來代替死者的首級，但是倒不是不能對兇手帶走死者首級的理由提出假設——如果，兇手是因為死者頭部的傷痕有明顯特徵，惟恐因此而被鎖定死因與兇器，所以才用鋸子割下死者的首級帶走呢？不，應該不是這樣，因為兇手根本就不在意被人知道死因和兇器啊！

「給你看一下死者生前的樣子，這是她先生提供的照片。」

警部讓我看的是一張不曉得在哪裡照的戶外照，照片中留著一頭清秀短髮、有著厚唇與尖細下巴的女人正對著鏡頭微笑。雖然眼神銳利，但卻給人一種極具個性的魅力。右下角的日期顯示照片是在一個月前拍攝，盛夏陽光照得她那頭黑髮與掛在T恤胸前的太陽眼鏡閃閃發亮。

「她是知名的雕刻家嗎？」

面對我的提問，警部報以苦笑。

「雖然才三十歲，不過好像小有名氣。話雖如此，我也是辦這案子才曉得有這號人物。」

失去首級的女雕刻家有個非常妖豔的名字——高見澤花炎。

2

走廊傳來兩個男人的激烈爭吵聲。

「明明沒憑沒據，憑什麼懷疑我是殺人兇手！我要告你毀謗！眞是混蛋！」

「不是你還有誰會做出這麼殘忍的事！你到底把花炎的頭藏在哪裡？最好給我老實招來！」

相當火爆的對話。

船曳嘆了口氣，打開門探身說：「你們兩個都冷靜點！高見澤先生，說話請謹愼些。」

高見澤先生？是高見澤花炎的丈夫嗎？所以才親暱地稱死者爲「花炎」？

被勸誡的兩人雖然安靜下來，但沒一會兒又開始吵起來，警部於是走到門口。

「警部，可不可以叫這個男的閉嘴啊！沒憑沒據地誣賴別人殺他老婆，我可不想平白受辱！」

「我才沒有誣賴你！花炎被殺時，我問住在離這裡只有二十公尺左右的你有沒有發現什麼不尋常，哪知你竟突然捉狂，眞是太奇怪了！刑警先生，他眞的很可疑啊！」

「少亂說！不要隨便把別人當兇手！」

「連警方都覺得你很可疑，所以才會查問你，不是嗎？有人可是清楚聽到你對花炎說的粗暴言詞，大家都能證明你根本是個無賴！」

「說我是無賴？你這種下三濫沒資格說我！」

「不要吵了！」警部大喊一聲。被罵無賴的傢伙緊揪著對方，沒想到卻連同警部三人扭打成一團，就在鮫山介入勸架時，冷不防傳來有人被摔倒在地的聲音。從警部的雙腳間可以看見一個年約五十，頭髮半白的男子。

「沒事吧？水城先生？」

警部彎身想扶起他。倒地的男子一時站不起來，似乎是撞到了膝蓋。

「我什麼也沒做！是他自己沒站穩摔倒的，我可沒出手哦！」

另一個男人不平地替自己辯解，看來有些狼狽。越過警部肩膀，能看到一個年約三十出頭、慘白著臉的男人。

終於，叫作水城的男子扶著鮫山的肩膀慢慢站起來，摸著左腳膝蓋直嚷痛。

「要不要進去坐在沙發上休息一下？順便冷靜一下吧！」

「要冷靜的不是我！」拋下這句話的水城被鮫山帶往屋內，只留下臉色慘白的男子。

「眞是難看死了！可以說明一下你們到底在吵什麼嗎？」

警部用下巴示意男子隨他進入工作室。他就是死者花炎的丈夫，高見澤一馬。

「我也知道吵成這樣很難看，可是不對的人是水城先生呀！我不過是很客氣地問他：『因爲你住在我家附近，有沒有看到或聽到什麼不尋常的情形呢？』他卻捉狂似地亂罵人。」一馬忿忿不平地說著，像女人肩膀般的斜肩規律地上下動著。

「雖然你覺得自己很客氣，可是別人不見得這麼想啊！」警部彷彿想點醒他似地說，「而且，再怎麼說，警方也還在調查中，所以你不能那樣質問水城先生，這麼做只會妨礙搜查，希望你能記住這一點。」

一馬感到意外地張嘴說：「我完全沒有妨礙搜查的意思。我只是想早點將殺害內人的兇手繩之以法，所以才會一時情緒失控。」

「但是結果就是造成我們的困擾。希望你能注意一點。」

他無奈地點點頭，然後看向火村和我，「這兩位是……」

看來，他也還沒見過火村。

警部熟練地向他介紹我們：「火村教授與有栖川先生至今爲止協助我們警方偵破不少案子。因爲這次的事件也有勞他們兩位幫忙，所以要麻煩高見澤先生向兩位說明發現尊夫人屍體的經過。」

警部說話時，一馬頻頻用眼神打量我們，一副「這兩人可不可靠啊？但警方都這麼說了，就姑且相信吧！」的表情。

「因爲這起案件太過超乎常理，所以想借助犯罪學家的幫忙嗎？如果這樣能早日破案就太感謝了。」

也不曉得這些話有多少眞心在裡面，他開始說明經過。

※

他的妻子花炎於三天前的九月十日出發至東京，此行沒有什麼特別目的，純粹只是喜歡逛街、悠閒地住幾天飯店。兩個月去一次東京儼然成爲她放鬆心情的方式。

「因爲工作關係，我也曾陪她一起去過，不過內人好像比較喜歡自己一個人。大概是因爲帶著老公比較無法盡興吧。什麼？我的工作？我經營一家叫作『Office Art Taka』的公司，除了開在大阪市的三家畫具用品專賣店外，主要是經營版畫與海報銷售等業務，五年前因工作關係而結識內人。」

這次去東京也是，花炎就和平常一樣，對他說「我去東京了」、「會在那邊的飯店住個兩晚」

之類的，並沒有什麼不尋常。直到昨天十一號，一馬爲了轉告她美術雜誌希望採訪她一事，在晚上十點打電話到花炎下榻的飯店。那時花炎也是一如往常地對他說自己這天的活動——在飯店的健身房運動半天，然後去銀座買東西，吃點好吃的。

「『明天我還會去青山附近逛逛，四點左右再搭新幹線回大阪。』——那是我最後一次聽到花炎的聲音。」

高見澤夫婦住在大阪市天滿橋附近，房子是高見澤先生的亡父留給他們的。她預定回到大阪的那天晚上，一馬已約了有生意往來的畫商夫婦到家裡作客。

「其實我很喜歡做菜，尤其喜歡親自做些好吃的料理宴請客人，所以通常不用麻煩內人下廚。雖說是興趣，但多少還是爲了生意才會招待客戶來家裡用餐。」

爲了招待畫商夫婦，一馬那天提早下班，在傍晚五點離開位於東梅田的辦公室，直接回家，花了兩個小時準備食材。過了七點，一馬心想，妻子應該快回來了。他頻頻看鐘，但是門鈴卻遲遲未響。一馬覺得不對勁，正要打電話時，才發現電話旁的便條夾留了張字條。

我提早回來了，但因突然有了靈感，所以先去樟葉一趟

花炎　14:00

「眞是的！明知道晚上有客人要來呀！不過她會這樣，我一點也不意外。該說是藝術家都比較隨興呢？還是任性？我能理解她認爲自己的創作比丈夫的客人來得重要的想法，所以看到那張字條也只能苦笑了。」

就這樣，到了八點左右，客人上田夫婦來訪。因爲他們夫妻倆都很瞭解花炎的個性，聽一馬這麼說，都笑笑地回應「難得老公煮這一桌好菜，眞可惜啊。」

時間已經快九點了，不一會兒，十點也過了。一馬決定打個電話去工作室看看，可是他打了好幾次都沒人接，最後困惑地掛上電話，心想：她是去附近用餐呢？還是正在回來的途中？

上田夫婦則說，花炎可能是太專心於創作，所以沒聽到電話響吧？

「我嘴裡說著『也許吧』，但卻愈想愈不對勁，心中有種莫名的不安。雖然內人之前也有過類似情形，但是這次不曉得爲什麼覺得特別不安。」一馬以手撫額，低下頭，過了一會兒才抬頭繼續說，「上田夫婦待到十一點多才走。」

送走客人後，他又打了一次電話到工作室，還是沒人接。想說過去看一下好了，但若妻子正在回家的路上，也許會與她錯過，再加上自己也喝了點酒，不方便開車，只好先回房睡覺。但是，他等了一夜，花炎還是沒回來。

隔天早上，一馬不及梳洗便先打電話到工作室，果然還是沒人接，他覺得事有蹊蹺，決定前往工作室一趟。途中還先打電話到公司告知自己中午前都不會進公司。

到了樟葉這裡已經九點。因爲玄關沒上鎖，他立刻便發現不太對勁。瞥見妻子的靴子還擺在玄關，於是邊喚她邊走進去，他先到工作室查看，卻發現令人不敢置信的駭人光景。

「因爲認得她身上的衣服，所以立刻知道倒在地上的就是內人，本以爲是身體不適突然昏倒，沒想到靠近一看才發現……」

我的腦海裡再度浮現方才那張用數位相機拍的照片。

※

「可以請教幾個問題嗎？」火村問。

「請說。」一馬立刻回答。

「關於尊夫人從東京回來卻直奔工作室這一點，我個人覺得滿唐突的，難道你不認爲嗎？」

「不會，因爲她常常在家聽音樂時，腦海一閃過什麼點子便會立刻飛奔至工作室。」

「這間房子是專門作爲工作室用的嗎？」

「是的。這裡只有一台冰箱，沒有其他的生活用品。這棟房子是內人的家人留給她的，她的父親也是雕刻家，沒什麼名氣就是了，因此這間房子原本就是當工作室用，雖然舊了點，簡陋了點，可是環境清幽，很適合創作，是個能讓人徹底放鬆的地方。美中不足的是旁邊住了個怪鄰居。」

「就是剛才那位水城先生嗎？」

一馬臉上浮現一抹陰鬱。「他是這一帶出名的怪人，說他是變態也不爲過。不但不按照規矩清理垃圾，晚上還會發出奇怪的噪音，因爲某件事，花炎從以前就沒和他往來了。那個人的話隨便聽聽就好，千萬不能相信，因爲他總是滿口胡言亂語。」

「可是，」我禁不住插話。「只是和鄰居處得不太好，應該還不至於會痛下殺手吧——」

一馬不讓我把話說完。「不是這樣的，我們這個月月初曾發生過嚴重爭執。那天我難得也來到這裡，因爲花炎說想聽聽我對她的新作品的感想。我覺得很不錯，她因此而高興地捏出那個勾玉。後來我們去車站前的餐廳用餐，一進去就看到水城先生，我們沒向他打招呼，裝作沒看見地走到離他有點遠的位子坐下，沒想到對方卻故意找碴，很粗暴地對我們說：『蠢貨就是蠢貨，別老是製造無聊噪音！』我和內人氣昏了，就在座無虛席的餐廳裡當場跟他理論起來。」

「吵得很兇嗎？」

「我和內人還被潑水，我雖然氣得想痛扁他，可是想到他比我們年長，只好忍下這口氣，但是花炎眞的氣壞了，將整碗沙拉倒在他頭上。後來長得像保鑣的店長出面制止，才把我們勸開。那傢伙走出店外時，還滿嘴髒話地咒罵我們，而且一副『走著瞧！』的兇惡模樣，連一向硬脾氣的內人都有點被嚇到。你們可以向那間餐廳求證這件事，它叫『卡吉那爾』。」

「我們當然會查證。」警部說。

火村繼續問。「和花炎女士發生過衝突的只有水城先生嗎？還有沒有其他人——」

「沒有，她的個性十分率直，不是會與人結怨的人。就算與人吵架也會立刻和好，不然就是乾脆地絕交，她一直都是這種個性，現在也是，並未與人結怨。」

一馬一直主張殺死花炎的人就是水城。

3

水城將身子深埋於有股霉味的沙發，雙手交臂。警部一問及他膝蓋的傷勢，他立刻直嚷著「還是很痛啊」，卻又不肯看醫生，活像個鬧彆扭的小孩。雖然他一直嚷著要回家，卻又一副想看熱鬧的樣子。

被一馬批評爲怪人的他，是一個獨居的單身漢。今年春天才剛辭去化纖工廠的工作，並不打算再度就業，因爲他身邊還有些存款，加上生活簡單，下半輩子算是無虞。

「你們都看到了，那個男人既粗暴又可怕，一定是那傢伙殺了自己的老婆還拿走她的頭。」

「但是高見澤先生似乎咬定這件案子是你幹的。」

「那是一定的啊！因爲他是有計畫地殺人，怎麼可能輕易招認！」

他爲何會覺得這是一起有計畫的殺人案件呢？我們對他的說法很感興趣。

水城的嘴角浮現一抹詭異的笑容，「他們夫婦倆的感情不太好哪！先生在外面偷吃，好像是與在他公司打工的女孩有曖昧，夫婦倆常因此吵架，所以我才會說這是有計畫的犯案啊！」
我們也問過高見澤先生，他們夫婦的感情如何？他倒是很明快地回答「十分融洽」，如果水城先生所言屬實，那就表示對方語帶保留囉！
當然我們也訊問水城，為何會知道他們夫婦的事，只見他一臉理所當然地說曾聽過他們吵架。
「你們一定以為我們兩戶又不是那種只隔著一片牆壁的公寓，只是住在附近，應該不會聽到他們的聲音吧？不過，真的聽得到喔！因為這裡四周很安靜，他們若吵得大聲一點，我就算不想聽還是聽得一清二楚。和那種只會製造無聊噪音的野蠻人不同，我可是個很怕吵，聽覺十分敏銳的人。他們夫妻吵架都不怕別人聽到了，幹嘛還要罵別人說謊！」
「那他們是何時吵架？又是為何而吵呢？」
「你這樣問，是覺得我的話還挺有可信度的囉？」水城舔著上唇。「我記得他們兩個月前吵過一次，一個月前又吵了一次，還清楚聽到『居然對打工的女孩出手，你還真不挑嘛』。」
「這件事很重要，我們待會兒會再向高見澤先生確認。」水城聽到警部這麼說，似乎很高興。
「對了，聽說你和花炎女士起過衝突，可以說說那次在『卡吉那爾』餐廳發生的事嗎？」
「哦、那個啊！」水城瞬間又變了臉。「那天他們又製造煩死人的噪音，我實在受不了就跑去車站前的餐廳吃飯。沒多久，他們也走了進來，我提醒他們『我說過好幾次了！麻煩你們以後安靜一點』，他們竟然回我一句『關你什麼事』，結果讓我在餐廳大出洋相，明明是他們不對啊！」

「聽說你的態度很兇惡，還嚇到花炎女士？」

「她才不是那麼纖細可憐的女人！神經粗得跟明石大橋上的電纜沒兩樣！」

「聽說你還罵她『沒腦袋』、『賤女人』、『那種腦袋丟到水溝裡算了』？」

「啊？」

「高見澤先生說你曾這麼咒罵過他們，有嗎？」

水城怒氣沖沖的臉倏地漲紅，他的臉大概很少會紅成這樣吧？

「所以、所以他才誣陷我殺了那女人還拿走她的頭嗎？眞是胡扯！那只是一時氣話，哪能當眞啊！」

「『去死吧！』、『小心我殺了你！』這些是一般常說的氣話，可是像『那種腦袋丟到水溝裡算了！』就未免太……」

「我是說『丟到水溝』，沒說要砍掉她的腦袋丟到水溝！這兩個是不一樣的！」

他沒有否認在餐廳惡言相向一事，之所以會乾脆承認，大概是想「警方只要一查就知道了」。

「警、警部先生，還有兩位專家，請你們冷靜想想好嗎？」水城懇求我們，「那間工作室不是命案現場嗎？我聽警方說門窗都沒有被破壞的痕跡，這就能證明兇手絕對不是我呀！那女人視我如蛇蠍般嫌惡，經過餐廳那次的衝突之後，應該對我更有戒心。如果我是犯人，她怎麼可能讓我進她家！」

「嗯……這也有道理。」警部爽快地認同。

我也這麼認爲。當然，這並不代表水城先生已被排除在可疑名單外。

「沒錯吧？如果她丈夫是兇手，那麼死者引狼入室也就沒什麼好奇怪的啦！」

「即使如此，」警部有點壞心，「你說的那句『把腦袋丟到水溝裡』實在過分了點，令人印象深刻，聽過就忘不了呢！剛好也能解開這起命案最大的疑點，也就是兇手爲什麼殺害死者並帶走首級。『沒腦』的意思就是砍掉腦袋，然後換上美麗的女神頭像，似乎挺吻合的嘛！兇手可能是想替死者換個比較好的腦袋吧！」

「拜託！這種說法太牽強了！警部大人。」

「現在的情況可是很麻煩呢！水城先生，能請你詳細說明昨天一整天的行程嗎？」

「是指我的不在場證明嗎？活了五十歲，這還是生平第一次被警察這麼問話呢！眞有趣啊！」

有趣？他應該只是強作鎭定吧！

「好吧！那你們要我說明幾點到幾點之間的行蹤？我知道的只有今天早上發現屍體一事。」

根據檢方的勘驗，死亡時間推定爲昨天下午一點到五點之間，而一馬的證詞指出，花炎在兩點左右曾回家一趟，留了張字條，但是此事是否屬實尙待確認。

「嗯，從一點到五點是吧？這段時間還滿長的呢！這個嘛……昨天一點前散步到車站，吃完飯後去書店……回到家已經三點多了吧？之後就一直看電視……反正我一個人住嘛！」

他的口氣變得愈來愈不確定。如果這就是他大致的行動，其不在場證明根本無法成立。

「兇手在你在家時犯案的可能性很高，你有聽到什麼奇怪的聲音或發現不尋常的事嗎？」

「沒有啊！不過……不曉得我這麼想有沒有意義就是了。」

「什麼意思？」

「就是丈夫有計畫地謀害妻子啊！笑笑地與妻子說話，並走到她身後，用鐵鎚冷不防地猛力一擊，這樣不就能安靜無聲地犯案嗎？」

「你爲什麼會認爲死者是頭部遭重擊致死？」

「只是打個比方嘛！眞是受不了你們，就是喜歡找碴——丈夫就是兇手的假設，你們覺得如何呢？」

警部回答「這也有道理」，接著詢問火村有沒有問題要問。火村回說「沒有」，顯然這時他還沒抓到什麼頭緒吧！

4

水城表示，要是沒事了，他想從後門直接回家，於是我們也回到工作室。放在桌上的女神頭像直盯著我們。

「看起來不像個怪人嘛！」我對火村說。「雖然只因爲噪音就與鄰居大動干戈是有點誇張啦！不過看到這些作品，倒也不難想像死者在創作時的噪音有多大聲了。充其量來說，他只是個比較囉唆的老頭，就算眞的因爲一時衝動而殺人，也不至於做出將首級鋸下，換成石膏頭像的行爲。」

「大概吧！」火村冷冷地回應。

「那麼，有栖川先生，依你推測，兇手這麼做的理由是什麼呢？一般來說，兇手帶走死者首級是爲了不讓警方辨別死者身分，但是這起案件似乎並非如此，因爲屍體能確定就是高見澤花炎，所以兇手之所以這麼做……是因爲極度憎惡死者吧？」

有可能是憎惡的表現嗎？雖然這樣玩弄死者遺體很殘忍，但比起用刀在死者身上亂刺是顯得比較淒美沒錯，不過，我總覺得兇手這麼做是有其他考量。

「拿石膏頭像替換一事並不是問題核心。」火村看著紅色勾玉作品。「因爲那個頭像不需花太大功夫就能輕易鋸下，所以問題還是在兇手爲何要帶走死者的首級。因爲兇手不想讓人揣測鋸下死者首級的理由，所以才刻意放了個石膏頭像。」

「瞭解。因爲死者首級留在現場恐怕會對兇手不利，所以才被帶走，但究竟是如何不利呢？就算發生死者不小心吞下兇手名片的烏龍巧合，也沒必要鋸下首級帶走吧？」

「解開這個問題的最快方法，就是找到死者的首級。」

「你這樣等於沒回答啊！」

不過，火村的確沒有說錯。

「一定要盡全力找到！」船曳警部握緊拳頭。

「請問……」

後面傳來怯怯的招呼聲，原來是高見澤一馬。

「水城先生怎麼說？我還是覺得是他所爲。」

「他認爲是你下的毒手喔！聽說你們夫妻因爲你外遇吵過好幾次？」

一馬的神情有些狼狽，但還算平靜，他露出淺淺的苦笑說：「內人只要與我吵架就會故意鬧得連隔壁都聽得到，這是她的一貫策略。哼，那傢伙連這種事都向你們說，還眞是好大喜功——」他將即將出口的話呑回去，咳了一聲。「沒錯，我是跟別的女人在一起，不過都只是玩玩，內人也曉得我有這種壞毛病。我們吵架的原因並不是我在外面偷吃，而是當我不瞭解她的創作理念時，她的小姐脾氣就會爆發。女人不是都愛翻舊帳、借題發揮嗎？總之就是火上加油啦！」

「最近沒有因爲外遇問題而與尊夫人發生口角嗎？」

「沒有。你們想想，她不是一個人常跑東京散心嗎？如果懷疑我不忠，她就不會讓我有機可乘呀！我還懷疑內人是不是在東京勾搭上什麼男人了呢！——當然，她沒有這麼做啦！」

我也問了一個問題。「你不認爲或許尊夫人的確懷疑你不忠，因此故意製造機會監視你嗎？譬如說要去東京，其實人還在大阪；或假裝外宿兩天，其實只待一天就回來監視你。」

他聳聳肩。「當然也不能完全否定有這種可能性，不過警方只要一調查就會知道有沒有了吧！我是覺得不可能，因爲她的信用卡明細記載得很清楚，她眞的都是在東京消費。」

如果命案當天，死者之所以突然更改預定行程是爲了回大阪監視丈夫的行動，那她就沒必要留下字條了。所以我只回了句「這樣啊」，便不再多說。

「能請你說明目前與你交往的女性是誰嗎？」

火村的問題似乎令他十分困擾，神情明顯不悅。一馬雖然極力強調她與這起事件無關，但仍拗不過警部的強烈要求，只好悻悻然地說明。

她叫宮下眞奈，今年二十四歲，一個人住在大阪市旭區的大樓，目前在鄰近的KTV打工。直到半年前還在一馬的公司打工，花炎得知兩人過從甚密後，便要求丈夫開除她，但是花炎多少感覺得到他們之後仍有往來。

「宮下從沒見過花炎，她個性很好，不是什麼隨便的女孩，請你們不要誤會她。」

「我們沒有懷疑她的意思，請你放心。」警部的語氣突然變得很溫柔。

「你們是想問我與她的關係吧？這對案情不會有幫助的，我很清楚自己並不是犯人，請別節外生枝，趕快將兇手繩之以法吧！」

「我們可不知道你到底是不是兇手喔！」

「怎麼又這麼說……你們不是確認過我的不在場證明了嗎？」

「沒錯，如果你剛才所言屬實，不在場證明的確成立，但是我們還需要進一步深入查證。」

「只要調查就能證明我所言不假了。內人不但慘遭殺害，竟然還受到這種對待，我眞是個沒用的男人。」說完後，他深深地嘆了一口氣。

如果他眞是無辜的，那麼這番話的確很感人，若只是演技，那他就是個萬惡不赦的混蛋。

「最近應該有和宮下小姐碰面吧？」

「十天前一起吃過飯。」

「晚上嗎？只有吃飯？」

「嗯，是的。你們不妨去問問她——啊，我忘了說，宮下請假和朋友去韓國玩了，目前不在國內，應該後天才會回國。」

「喔？什麼時候出發的呢？」

「今天早上的飛機。——警部先生，與其問這種事，還是麻煩你們趕快找回內人的首級吧！如果找不到，她就太可憐了。」

警部用力點點頭。「我們警方一定會盡全力尋找。」

「那我先離開了，我要打個電話回公司。」

「請便。若還有問題請教，到時就再麻煩你了。」

「嗯，失陪了。」一馬轉身離去。

警部這時突然叫住他：「對了。能請你告訴我們尊夫人常去看的牙醫師與醫院嗎？警方可能需要比對齒模——啊！」

一馬的上半身晃了一下，火村趕緊扶住差點摔倒的他。

「你怎麼了？」

「嗯，沒事，只是突然有點頭暈，不好意思。」

火村直盯著露出靦腆笑容的男子逐漸遠去的背影。

5

命案發生至今已過了三天，還是沒找到高見澤花炎的首級。

搜查本部開始在命案現場附近進行地毯式搜查，仔細過濾花炎在東京的行動，遇害前曾去過的地方，以及她的交友關係等等，卻始終找不到任何與兇手相關的有力情報。另外，向其投宿的飯店詢問過後，得知她在銀座刷卡買了首飾與一頂帽子，證實她的確去了東京，沒有回家監視丈夫。但是，不論是自宅或樟葉的命案現場，都沒有找到那頂新帽子。難道兇手是連著帽子拿走死者的首級嗎？那是一頂布製的柔軟帽子，死者很有可能是戴著它被毆打致死。

因爲媒體大肆報導這起離奇命案，使得辦案人員的士氣十分高昂。然而，經過查證之後，發現死者甚少與人結怨，因而令高見澤一馬與鄰居水城的嫌疑益加濃厚，但目前仍無法確定誰是兇手。

就在此時，宮下眞奈由韓國歸來。火村與我，還有鮫山警部補一同前往她所指定的地點與她碰面，順便確認某件事情。我們約在茶屋町某間商務飯店的咖啡廳，她大概是不想在自家附近與警察碰面吧！不過這樣也好，那地點對我們也挺方便的。

「今天早上才剛回來，所以有點累，不好意思。」

咖啡廳就位於飯店的二樓。宮下眞奈身穿純白T恤搭配牛仔褲，以休閒的裝扮出現，鮫山一看到她，立即向她點頭打招呼，她看起來精神還不錯。

「雖然滿累的，不過現在精神好多了。現在搭飛機到首爾只需一個半小時，又快又輕鬆，要是關西機場能蓋在伊丹，從那裡飛過去鐵定更輕鬆。」

感覺是個挺大方又開朗的女孩，一頭紅色俏麗的短髮很適合她。雖然塗著粉色唇膏的厚唇會讓人聯想到鱈魚子，不過還滿可愛的。臉型五官與照片中的花炎十分神似，也許一馬就是喜歡這一型的吧！

「旅行愉快嗎？」

「嗯，很棒！吃了很多美味料理，飯店也很豪華，美容沙龍也比日本便宜太多，眞的沒話說，眞想再去一次！」

眞是個開朗的女孩。當鮫山將我們介紹給她，進入正題後，她立即將雙手端放膝上。看來她在前天晚上已從一馬的電話中得知花炎遇害一事。

「高見澤先生說，警方懷疑我與這起命案有關，可能會問我一些事，要我多配合——警方眞的懷疑高見澤先生是殺害他妻子的兇手嗎？」

「我們沒說他就是兇手。因爲他與死者的關係最親密，所以不免會被問些比較尖銳的問題。」

她點點頭，喝了一口咖啡。「這點我能理解，不過我也無法提供你們太多情報呀！因爲我實在不清楚他與他太太之間的相處情形……」

果然立刻撇清。

「花炎女士知道妳和她先生的關係後很生氣，所以妳才會被開除，轉而到KTV打工，但是就算這段不倫戀已經曝光，你們還是沒分手，是因爲你們非常深愛彼此嗎？」

「是這樣沒錯……不過也沒那麼嚴重啦！我們當然相愛，但還不到愛得死去活來的程度，大概只是……一種戀愛的感覺吧！但也不是玩玩而已。我想他太太大概無法理解這種感覺，才會擔心我要破壞他們夫妻的感情。」

「這會不會只是妳一廂情願的想法？」

「會嗎？」她撫著胸口。「該怎麼說呢？老實說，高見澤先生一直不願好好面對這件事，所以我也不曉得他到底在想什麼。不過，我要強調一點，他從來沒對我說過『要與妻子分手，和我在一起』之類的話，而且我們也不會動不動就拿這種關係威脅對方。」

正所謂清官難斷家務事，另一位當事人花炎已不在人世，根本無法當面對質。

不過她還眞是個令人難以捉摸的女孩。總覺得她的態度有些輕佻，說話總是刻意避重就輕、含糊帶過，但是眼神倒挺銳利的。談到與一馬的關係時，也只會重複些不著邊際的話。鮫山的詢問告一段落時，眞奈立刻主動提問。

「高見澤先生在電話中提到他有不在場證明，難道這樣還不能將他自嫌犯名單中排除嗎？」

「光有不在場證明仍無法確定他是否涉案。」

鮫山回答得很得體。事實上，一馬的不在場證明算是已經成立。

花炎留下的字條經鑑定後，已證實是她的筆跡。另外也找到一輛曾搭載過一位疑似花炎的女子的計程車。根據該名計程車司機的印象與載客紀錄指出，這位女子是從新大阪車站坐到天滿橋，下車時間爲下午一點五十分左右，時間上與字條內容吻合。

花炎在下午兩點前回到自宅，於便條夾上留下字條便立即前往樟葉，在下午三點多抵達。因爲工作室已確定是命案現場，所以行兇時刻應爲三點到五點之間。而一馬在這段時間內的行蹤經過查證，已確認他是在公司上班。由此看來，他的不在場證明應是無懈可擊。

可是——

火村還是不太相信。雖然難以確認眞僞，但是這種程度的不在場證明是可以輕易僞造的。而一馬宣稱從下午一點到三點期間曾獨自外出進行市調，這一點似乎就是其不在場證明的漏洞。

副教授開始詢問眞奈。

「這次旅行是從何時開始計畫？」

「大概一個月前吧！我在報上看到三天兩夜的超值行程廣告，於是便邀了學生時代的朋友一起去。我們從以前就一直說要去鄰近的國家旅行。」

「妳的休假排得眞剛好——只休三天嗎？」

「沒有，爲了準備行李，我從前一天就開始請假。」

「出發前一直待在家裡準備嗎？」

「是的——你該不會懷疑是我殺了高見澤夫人吧？」

火村搔搔他的尖鼻頭。「……沒錯。」

眞奈似乎非常驚訝。「天哪！這想法還眞是不得了！說我是兇手會不會太扯了？她根本不准我進入她的視線範圍，我要怎麼殺人、砍頭啊？眞是太離譜了！叫人想氣都氣不起來。」

「幸好妳沒潑我咖啡。」火村一臉認眞地說。「恕我再提個蠢問題，妳有那天下午一點到五點的不在場證明嗎？」

「隨你怎麼說好了……要我的不在場證明……可是我又沒與什麼人碰面……唉！眞傷腦筋。不過，就算沒有，也不能就這樣認定我是兇手吧？」

「當然。請妳好好回想這段時間在做什麼，如果有想到什麼，請與我們聯絡。」

「我一定會拚死努力想的，若我對高見澤先生說你們將我當成兇手，他肯定會嚇一跳吧！」

「看樣子，妳會向他報告今天會面的事吧？」

被鮫山這麼一說，她趕緊話鋒一轉。

「因為我今晚會去他那裡——你們千萬別誤會，我只是去表達弔唁之情啦！」

他們兩人的關係早已眾所周知，也沒必要偷偷摸摸地見面吧！

因為該問的都問得差不多了，道謝完後便讓她回家。我們坐在位子上，目送宮下眞奈穿過掛著吊燈的大廳，步出飯店。火村請來服務生替咖啡續杯，然後別過頭看向距離我們斜後方三公尺遠的座位，那裡坐著一個中年男子，面前菸灰缸裡的菸蒂早已堆積如山。

「你覺得如何？是她嗎？」火村問他。

這個男人就是命案當天可能載到花炎的計程車司機。

他迫不及待地回答：「很像。當時那位客人戴著太陽眼鏡，所以我也不敢說完全一樣，不過嘴唇和下巴的線條很相似。那位客人不太說話，所以聲音認不太出來，但是髮型都差不多，只有顏色不同——那位客人是黑髮。」

「知道髮型相似這點就夠了，如果用染髮噴劑，就算將頭髮染黑，也能立刻恢復原來的髮色。——還麻煩你百忙之中抽空配合，眞的很謝謝你。」

就這樣，我們有了豐碩的成果。火村啜著他喜歡的咖啡，抽起駱駝牌香菸。

鮫山向火村問道：「高見澤一馬的不在場證明應該就此推翻了吧？」

「我只是說不在場證明也有可能僞造，還沒抓到狐狸尾巴呢！不過狐狸尾巴應該就在東京。」

「這尾巴還眞是長啊！」我說。

「是呀！不過它可是很有捕捉的價値呢！」

火村用食指勾住領結，鬆開領帶，很滿足似地說著。現在的他就像個已瞄準好目標的獵人。

可是——

命運背叛了獵人。

那天晚上，整起命案以突如其來的形式落幕。

6

因爲火村與鮫山要回搜查本部，於是我和他們就在飯店道別，提早用完晚餐才回到位於夕陽丘的公寓。

身爲助手的我這次並沒有幫上什麼忙，而且自己的截稿日也迫在眉睫。

可是整起案子還是在腦海裡揮之不去，原本正在打字的手也停了下來，因爲實在沒心情工作，便泡了杯咖啡，抽起久違的菸，聽著與自己同名，也是最喜愛的艾利斯・古柏（註：Alice Cooper，美國知名重金屬搖滾樂團，與「有栖」的日文讀法同爲alice）的〈Trash〉沉思著。

就算不問，我也知道火村腦子裡的假設爲何。方才他想確定的是，搭乘計程車從新大阪到天滿橋、神似花炎的女子其實是由宮下眞奈所喬裝。根據方才司機的證詞，確實有此可能，而且喬裝並非難事，因爲兩人都留著一頭短髮，只要穿上與花炎一樣的衣服，再戴副太陽眼鏡就行了。就算揣測不到花炎當天的服裝也無妨，只要從死者身上取下換上即可。

那麼，爲什麼眞奈要喬裝成花炎呢？當然是爲了隱藏花炎沒有回家的事實。這也就表示，那張字條不是花炎當天親筆所寫。知道並提供那張字條的人是她的丈夫一馬，因此那張字條極可能是花炎很早就寫下的。如果沒有那張字條當憑據，警方就無法得知花炎何時回到大阪，假如她在兩點前抵達新大阪並直接前往樟葉，搜查方向便會有一百八十度的轉變。

再者，鑑識結果推定死亡時間爲下午一點到五點之間。因爲有人曾目擊花炎於兩點一度返家，所以犯案時間可縮至三點到五點。然而，一旦二點返家的假設被推翻，那麼犯案時間便恢復爲一點到五點之間。因此在三點到五點之間有不在場證明，但卻獨缺三點之前的不在場證明的一馬便涉有重嫌。也就是說，如果眞奈喬裝成花炎，便能將推定的犯案時間延後，這一切就是爲了製造一馬的不在場證明。

問題是，該如何確認這一點呢？火村曾表示「我只是說不在場證明也有可能僞造」，也完全沒有任何證據——喬裝成花炎的眞奈謹愼到連計程車座位都沒有留下任何指紋，即使她曾一時疏忽，但命案發生後的這段時間內，車子早已清掃過好幾次，如今想採集到什麼線索根本不可能。究竟該如何才能突破他們的心防呢？

看來還是在命案現場周圍徹底查訪比較實在吧？如果有眞奈協助僞造不在場證明的一馬的確是兇手，那他是在新大阪車站與花炎會合後一同前往樟葉的呢？還是各自前往？不論是哪一種，如果有人於下午一點到二點左右在命案現場附近看到他們，便能得到一馬就是兇手的有力證據……

時間將近十二點，看來今晚的工作不會有任何進展了。我捻熄菸，再度陷入沉思。

假設一馬是主嫌，眞奈是共犯，在解決不在場證明的問題後，爲何還要拿石膏頭像代替花炎的首級呢？這個冷酷的殺人計畫中，只有這部分顯得微妙不已。一馬抓住水城口出惡言一事，直指他爲兇手，目的應該是爲了誤導警方吧？可惜他們白費心機，憑這樣就想打亂警方搜查未免太過天眞了吧！所以替換首級一事應該另有目的，假設怒斥花炎『把妳的頭丟進水溝』的水城，在怒極之下眞的那麼做了，也與後續的發展連不起來，這樣的話……

電話響起，鈴聲大作。

「我是鮫山。」

話筒那端傳來低沉的聲音。我連寒暄都來不及，警部補便脫口而出。

「高見澤和宮下出車禍。」

「車禍？」

「宮下不是說要去高見澤那裡嗎？我們早已派員埋伏在他住處。宮下在九點左右抵達，待了快兩個鐘頭才與高見澤一起開車離開。大概是因爲時間有點晚了，所以他才開車送宮下回家吧！沒想到他們在國道一號關目的十字路口與卡車相撞，車子全毀，高見澤身受重傷，坐在駕駛座旁的宮下則當場死亡。我與火村教授現在正在醫院。」

我一時語塞。

「怎麼會這樣……」

「警車一路尾隨其後，確定是車禍。卡車司機在開車時講手機，沒注意前方來車，結果左轉時打錯方向盤而釀此意外，肇禍司機已當場逮捕。」

我的腦海中瞬間閃過悽慘的尖叫聲、逼近眼前的車頭燈、鐵片的撞擊聲，與鮮血飛濺的鮮明畫面。

「聽說事故現場十分駭人，高見澤與宮下的手與頭突出於彷彿被揉成一團的車子之間，事故現場慘烈到在場員警們都不忍卒睹，他們說現場就彷彿高見澤花炎的作品。」

「一馬先生身受重傷，有生命危險嗎？」

「全身多處外傷，內臟破裂，大概沒救了。不過頭部未受傷，因此意識還算清楚。警部與火村教授得到醫師許可後，正與他會面中。要是高見澤能留下什麼遺言就好了。」

所謂「留下遺言」就是自白。

「有栖川先生，這起案件說起來還眞是冥冥中自有定數呢！聽說宮下的頭被窗子卡住，壓得面目全非。」

意思就是花炎來找他們兩個復仇囉？怎麼可能啊！不過，這種巧合實在令人毛骨悚然，難免會聯想到冤魂復仇之類的事。

「火村教授來了，我請他聽電話。」

鮫山將話筒拿給火村。

「是我。高見澤一馬已經陷入昏迷，恐怕沒辦法再開口說話了。」

他的語氣充滿焦躁與絕望，看來一馬遲早會被死神召喚。

「警部問他：『宮下眞奈因頭部被輾碎，當場死亡，那你又是如何處置尊夫人的首級呢？』醫師擔心傷者情緒激動，立即加以制止。」

「他的反應呢？」

「自從知道宮下慘死後便一直喊她的名字，果然兩人關係匪淺。情緒徹底崩潰的他只說了『河川』兩字，我想應該能解讀成他將花炎的首級丟棄在河川裡吧！」

光是這樣並不足以作爲自白，也無從著手搜索那顆首級。

「不過這樣就夠了。我確信他就是兇手，因爲東京那邊在傍晚傳來了消息，我們終於抓到他的狐狸尾巴。」

穿著拖鞋的腳步聲蓋過火村的聲音，他應該是在候診室打公用電話吧！

「什麼樣的狐狸尾巴？」

「已經確定死者在東京的行程。花炎在案發前一天去了青山的美容院，那是一間由紐約歸國的知名髮型設計師所開的店。她在那裡染了一頭藍髮，還剪了一個很有個性的髮型，幫她服務的設計師還清楚記得她說過『我想改變一下造型』——後來會怎麼樣，你應該也知道吧？」

一馬僞造不在場證明的計畫顯然出了差錯，因爲眞奈原先是要喬裝成與花炎同款同色的髮型。

「他沒想到花炎徹底變了個髮型，這樣一眼就會被看穿了，但是他又無法中止計畫，對嗎？」

「因爲花炎戴著帽子，他最初也許不曉得，應該是在工作室殺了花炎，摘下她的帽子才察覺的吧！如果知道她會換髮型，便能事先叫宮下眞奈戴頂帽子。」

在我眼前浮現陷入危機的一馬俯視妻子屍體的樣子。如果行兇時刻是在眞奈喬裝成花炎搭計程車之後，一馬就無法修正計畫，因爲光是讓警方發現有個神似花炎的可疑女性這一點就很麻煩。

「爲了不讓不在場證明被戳破，窮途末路的他只好使出殘忍手段，鋸下妻子的首級帶走。至於換上維納斯頭像的理由就只能用想像的了，也許他是爲了避免警方注意到死者髮型，故意打亂搜查方向，而且也怕帽子上沾附了頭髮，因此才一併拿走。」

「原來抓住狐狸尾巴是指死者在東京曾去過美容院這件事，可是你是什麼時候想到的——」

「當警部向一馬詢問花炎常去看的牙醫師與醫院時，他不是差點摔倒嗎？雖然他辯稱忽然有點頭暈，但我卻猜想，他該不會把『醫院』誤聽成『美容院』吧？（註：「醫院」的日文發音與「美容院」十分相似）」

話筒那端傳來嘆氣聲。無法從一馬口中親耳聽聞犯案動機等細節，畢竟還是有些遺憾吧！

「還眞是冷血的殺人計畫啊！行兇的兩人因爲車禍死於非命，也許這就是天譴吧！」

我的這番感慨卻被無神論的火村徹底駁斥。

「天譴？你是說神在冥冥中操控這一切？拜託！別胡扯好不好！什麼天譴，你是打哪兒聽來的啊？」

我沉默不語。

話筒那端傳來擔架從他身後喀嗒喀嗒遠去的聲音。

夏洛克的密室

1

當我從皮包裡掏出烏黑光亮的東西時，只見那傢伙神情丕變，原本桀驁不遜的態度瞬間消失，兩眼圓睜，以顫抖的聲音問「這是什麼」。

「這是什麼？呵、你這問題還眞奇怪呢！」懷著積累已久的怨恨，盡可能以不屑的語氣回答。「三歲小孩看了也知道啊！回轉式手槍嘛！這當然是眞的。只要拉開保險，扣下扳機，子彈就會從槍口射出。」

佐井六助像上鉤的魚兒般，嘴巴一張一闔，有些花白的山羊鬍微微顫抖。一派流氓作風的他搞不好還是第一次看到這玩意兒。

「快……快、快收起來……要、要是走火的話，很危險啊！」

我一臉滿不在乎地說：「一點都不危險啊！反正槍口對著你嘛！」

「所、所以叫你向下啊！槍口向地板！爲什麼要帶這種東西啊！常石先生。」

雖然老是誇口自己身經百戰，不過對這男人而言，現在肯定是他畢生面臨的最大危機。我瞄準佐井額際浮現的青筋，明明才五十出頭卻有張老臉，看來肯定是貪欲過重讓這個守財奴迅速老化，我可不想十年後變成他這副德性。

「這時代可眞是方便啊！就連我這個在醫療器材公司研究部門任職的平凡小職員，只要透過管道，花個二十萬日圓就能從缺錢的流氓手上買到這把漂亮眞槍呢！」

老實說，還挺貴的。

「拜託！槍口別指著我！很嚇人耶！難、難不成你眞要殺我？」

佐井合掌，偷瞄著我，看來他眞的怕得要死。這也難怪啦！換做是我，肯定也嚇得屁滾尿流。

「就算在這裡開槍，別人也只會誤聽成在國道飛馳的車子爆衝聲吧！放心，我不會一下子就讓你死的，放輕鬆點嘛！對了，有點小事想問你。」

佐井愣住似地半張著嘴點頭，樣子有夠滑稽，不過我現在心情不好，笑不出來。

我的手中持槍，緩緩從沙發中站起來，命令他帶我參觀書房。雖然佐井反問：「爲什麼要參觀書房？」但一瞥見我的眼神便立刻閉嘴。是因爲我的眼中散發冰似的冷酷光芒吧！還是燃燒著憎惡之火呢？

穿過掛滿凌亂畫作的走廊進入書房。佐井如往常般伸手開燈，卻被我立刻喝止。若是讓他這麼做，我所有的計畫就會被打亂。

之前帶著伴手禮來拜訪時，也曾進過這間書房，當時還編個藉口說「因爲打算加蓋一間書房，所以想多參考別人是怎麼設計的」，而他也輕易相信了。

對於十分以這間書房爲傲的佐井而言，這番話想必讓他陶陶然吧！那是爲了今日此時而做的準備，藉由參觀他家果然激發我不少靈感。

不過，沒想到如此卑劣的男人，書房還挺有品味的。面窗擺置的桃花木書桌散發沉穩風格，上面有座古色古香、雕著花紋的玻璃燈，左側靠牆的書櫃內陳列了世界名著與文學全集等藏書，我不認為這傢伙會將每一本都讀透，應該只是為了虛榮而擺好看的吧！這傢伙就是那種沒內涵、充其量只知道一些愚昧的人生大道理的人。這個吝嗇到家中保全只有一條看門狗的守財奴，是個會在這種奇怪小細節大方的鄉下人。

不、不對，他不會為了虛榮而揮霍無度，這一切搞不好都是從他的債務人身上剝削來的，舉凡那張桌子、玻璃燈，還有畫作等等，而房門上的門栓便是證明這男人並非奢華主義者的有力證據，因為他連這種毫不起眼的小東西都是自己動手做的。

「常石先生，我們冷靜下來談談吧！你這麼做可是犯法的啊！別做這種傻事，趕快把那東西收起來吧！」

佐井的情緒似乎慢慢冷靜下來，又開始變得伶牙利齒，這讓我再度不悅。

「我可不是裝模作樣，擺擺架子而已喔！不達目的，我絕不收手。」

將手槍輕輕抵住他的後腦勺，佐井立刻變得異常乖順，一槍在手，力量果然驚人。

「你、你到底有什麼目的？為了錢嗎？」

右邊牆上掛了一幅繪有農夫走在鄉村小路上的風景畫，面向農夫的佐井故意虛張聲勢地問。

「錢？也是啦！能從你身上奪走的也只有幾個臭錢罷了，因爲你根本是個貧乏至極的人渣，能以暴力威脅、奪走的也只有錢而已。」

我重新握緊手槍，直抵他的頭，佐井驚叫一聲，高舉雙手。

「眞的是爲了錢嗎？可是現在放在這裡的錢不多啊！要是不相信，你可以打開保險箱看看，頂多只有兩百萬——」

「只有兩百萬？你還眞敢說啊！果然是個放高利貸害人的混蛋。」

「放高利貸害人……這種說法不公平吧？有很多人可是靠我周轉融資才撿回一條命的啊！這樣侮辱別人的工作很要不得，根本是對金融業抱有偏見。」

什麼狗屁金融業！難不成還想說自己是個成功的銀行家？錢、錢、錢！這個滿腦子只有錢的下三濫！

「什麼叫作爲了救人一命而借錢？少說這種好聽話了！這充其量只是一個強取豪奪的工作！你不單是個貪圖暴利、放高利貸害人的混蛋，還是個享受勒索窮人的快感的瘋子！根本是個一無是處的糟老頭！」

滿口的污穢言詞讓我愈講愈興奮。我遏不住心中怒氣，槍口顫抖不已。

「總是這樣，金融業者總是會被人家莫名其妙地抹黑——」

「不准誇說自己是金融業者，聽到沒！」

我不禁大聲斥罵。並不是因爲佐井辯駁而感到憤怒，而是他那充滿悲哀的語氣令人困惑，讓人無法立刻斬釘截鐵地反駁。

「把手放在胸口好好想想，聽到沒？你自己幹的眞的是正派事業嗎？因爲向你借錢而毀了一生的人有多少？就算連腳趾頭都拿來數也不夠吧！這些人都是你的獵物，被你吸乾抹淨的犧牲品。」

「這、這種說法有欠公道啊！的確有一、兩人是這樣，可是他們都是向我承諾『一定會還』，我才借他們的——」

「住口！」我嘆了口氣。「眞佩服你嚇成這樣還能堅持自己的信念，眞不愧是夏洛克哪！」

將文學全集拿來裝飾書房的男人，應該不會聽過夏洛克這名字，就算他將《哈姆雷特》當成一道料理的名字也沒什麼好大驚小怪的。

「這是我幫你取的綽號，來自莎士比亞的名劇《威尼斯商人》裡一個貪得無饜、專放高利貸的黑心商人。你一定沒聽過吧？這齣戲劇中的〈鮑霞選女婿〉、〈一磅肉的約定〉等等，都是很有名的有趣橋段。『會發光的東西不見得全是金子』，這句台詞還眞是你內心的最佳寫照呢！佐井六助、佐井六、夏洛克，發音不是挺像的嗎？你就是穿梭時空，跨越現實與虛構世界的現代夏洛克。（註：日文中，「佐井六助 SAKUI ROSUKE」與「夏洛克 SHYLOCK」的發音相似）」

「……你到底想怎樣？」佐井低聲問著。

看來他已漸趨平靜，對我恨之入骨了吧！不過就算他再怎麼害怕，或是再怎麼生氣，我也不痛不癢。

「要你謝罪。」

「……向你弟弟嗎？」

「是啊！你不是做了對不起我弟弟的事嗎？」

我竭盡所能地諷刺。面向牆壁的佐井，現在大概是一臉憎惡的表情吧！

「是你弟媳來拜託我，我才借她錢的，因爲還不出錢，所以用那種條件作爲交換，我做的只有這樣啊！欠債還錢，這很合理呀！」

說得眞好！眞不愧是貪得無饜的夏洛克。

「夏海當然也有責任，誰叫她愚蠢到把家用全拿去上網玩股票，結果還被套牢，不和丈夫商量也就算了，竟然還向你借錢想翻本，這種心態眞是太傻了。不過，就算如此，你也不能用那種手段逼迫她啊！我很清楚你要她以什麼來償還利息，眞是個不知羞恥的色老頭！」

佐井企圖辯解：「那不是我提議的，是她啊——」

「別再狡辯了！我才不相信從你嘴巴說出的鬼話。他們夫妻原本很恩愛，卻因爲你的關係而徹底崩壞。你不但逼迫夏海和你發生關係，還讓敦朗知道這件事，一心就是想看他們夫妻陷入苦海，是吧？」

「你、你眞的誤會了。那全是你一廂情願的想法啊，常石先生！我根本沒那意思，我確實和夏海小姐發生過關係，但絕不是你和你弟弟所想的那樣，我們只有做過一次，不自覺地就變這樣了。哪知道被她老公發現，兩人大吵一頓，結果夏海小姐竟然衝動地跑去自殺。當、當然，我聽到後也良心難安，睡不好覺，可是事情變成這樣我也無能為力啊！你弟弟因為老婆的死而意志消沉，喝得醉醺醺地被車子撞死，這跟我一點關係也沒有啊！」

還眞是頭頭是道啊！這傢伙根本從頭到尾都爛透了，不管再怎麼輕蔑他也不夠。這男人天生就缺乏理解他人痛楚的能力，不過，肉體應該還能感覺得到疼痛吧！

「常石先生，我知道我沒辦法叫你不恨我，不過，做得太過分只會自討苦吃喔！給你個忠告，我在警界可是有點人脈的。」

你只是想嚇唬我吧？就算有又怎樣？我根本不在乎。

「這是什麼跟什麼啊！明明帶著伴手禮來找我，還說『死去的弟媳給您添麻煩了』，結果又突然掏槍對著我，這樣未免太卑鄙了吧！你這算什麼？如果有什麼不滿，一開始講清楚不就得了嗎？這樣我也願意低頭道歉啊！」

夠了，我再也無法與這男人呼吸同樣的空氣了，我要趕快結束一切。

「所以你願意低頭道歉囉？」我努力維持沉穩的語氣。「那你在那裡跪下，面向牆壁說句『對不起』。敦朗和夏海就站在那裡看著你。」

佐井大概以為這樣就能輕鬆獲得原諒了吧！他立即坐正，雙手抵在地上，額頭低得就要叩到地板，照我說的方式謝罪道歉。不過，一看就知道他根本毫無悔意，只是在裝模作樣。靜止數秒後，佐井抬起上半身，我趁這時迅速戴上右手手套。待他問「可以了嗎」，別過頭時，我將 Smith & Wesson 的槍口抵住夏洛克的太陽穴。

「以死謝罪吧！」

我毫不猶豫地扣下扳機。

2

火村英生正看著兵庫縣警局搜查一課的樺田警部遞給他的現場照片，並一張張比對命案現場，露出正進行實地考察，也就是研究犯罪現場時的臨床犯罪學家慣有之銳利眼神，然後再將看過的照片一張張遞給我。

「死者叫佐井六助，五十二歲，經營高利貸放款。死亡時間推測爲昨天四月十八日下午三點到六點之間，屍體於晚上九點二十八分被發現。」警部正以他那悅耳嗓音爲我們說明。「雖然他三十幾歲時曾有賽馬黃牛、開設備有賭博機器的小吃店等兩項前科，不過罪刑都很輕，而且因爲沒被逮捕，所以一直都在做這種違法勾當，逐漸累積財富，四十多歲開始經營高利貸放款。他的公司在元町，只有一位總機兼打雜的工讀生，規模不大。聽說他的經營理念是，與其雇三個員工，還不如自己一人當三人用。工讀生說，他是個對金錢非常錙銖必較的人，以紅茶茶包來說，他甚至還嘮叨過『至少要回沖個五、六次，直到泡不出顏色為止』。」

「還眞是節儉啊！」

「有栖川先生，你說這話太抬舉他了，這根本就是小氣。他給人的印象都不脫守財奴之類的評語，而且他在追討債務時因為手段毫不留情，與不少人結怨，風評很差。發現屍體的死者胞姐也說『他太吝嗇了』。」

這就眞的太過分了。

「的確，現場並沒有被闖入的跡象，但這裡不是有很多價值不斐的裝飾品與傢俱嗎？像這間書房的書桌就比我這個搖筆桿的小說家豪華好幾倍，走廊還掛了許多幅畫——」

「這些都是從那些連夜逃跑的債務人家裡強取來的。你可以仔細觀察一下走廊的那些畫，會發現它們毫無整體性，根本就是搬不上檯面的收藏。」警部冷冷地說。

聽聞這些極度貶抑的批評，我對佐井六助的印象變得十分惡劣。

「這種人從事放高利貸這種行業，肯定樹敵不少。」火村說著，遞給我最後一張照片。

警部頷首。「至少有一打人恨不得想殺了他吧？目前正一一過濾這些人，不過目前尚未發現嫌疑犯。」

「死者是很有活力、精神充沛的人嗎？」

「應該是吧！因爲他姊姊一直強調『他絕不是會自殺的人』，我也認爲應該是他殺。可是，若是這樣，就會有個棘手的問題。」

「也就是說，」我斜眼看向房門。「無法說明發現屍體時，房間爲何呈密室狀態，是吧？」

「是的，如果是自殺，只要寫份報告就能結案。」

命案現場看來很像自殺——接獲死者姊姊佐井多美代報案而趕來的救護人員，爲了進入書房，不得不撞開由內上鎖的房門。一進入便發現佐井六助躺在房間中央，太陽穴有彈孔的燒焦痕跡，旁邊還有一把S＆W手槍，房內沒有其他人，也沒有遺書。不過，收拾整齊的書桌上有一本死者常看的書攤開放著，很引人注目。被翻開的那一頁印著偌大的「賺錢是爲了什麼？就算賺再多也無法帶往天國」等字句。

「救護人員趕到現場後，直覺這是一起自殺案件。因爲房門從內部鎖上，屍體頭部流出汩汩鮮血，旁邊又有一把還聞得到煙硝味的手槍，現場沒有留下遺書，取而代之的是書中一節文字『賺錢是爲了什麼？就算賺再多也無法帶往天國』這類陳腐的人生箴言。」

這段文字的確很老套。不過，這本名爲人生箴言集的書，編排上輔以充滿古樸趣味的版畫爲插圖，在視覺效果上還算搶眼。但是，會有人以此替代遺書嗎？

「警方根據什麼懷疑死者並非自殺？」火村環顧室內問。

「有兩個原因。第一，找不出死者自殺的動機，死者姊姊與友人都認爲工作順利、身體健康的死者實在不像會尋死的人；第二，死者的右手有煙硝反應。」

「有煙硝反應爲什麼可疑？」我插話問道。「這不是代表死者曾持槍開槍的證據嗎？」

「但是佐井六助是左撇子喔！」

我恍然大悟，不自覺「啊……」地出聲。還眞是個粗心的兇手哪！要將死者僞裝成自殺，卻沒先確認死者慣用哪隻手，竟然犯了這麼致命的失誤。

「雖然愚蠢，但這也不能怪他，因爲死者是屬於左右開弓型，平常大多使用右手，只有某些特定場合才會用左手，譬如拿槍射擊時。」

何以斷定射擊時是使用左手呢？我有些訝異，但警部隨即補充說明。

「這說法很奇怪吧！我重新說明好了。其實佐井六助在運動時慣用左手，他姊姊拿了一些照片與錄影帶給我們看過，有他打高爾夫球揮桿時的照片，在夏威夷玩實彈射擊的錄影帶等，都證明他在持槍時是使用左手。兇手與死者的關係應該不是很親密，所以才不曉得這種事。」

「不過，從右手檢測出煙硝反應一事，會不會是兇手故意讓已斷氣的死者握槍朝某處射擊，以作爲僞裝工作的一部分呢？」

「我也這麼認爲，但是這個房間的牆壁或天花板都沒有彈痕，我想兇手有可能是對著椅墊或枕頭開槍，然後將它們帶走。雖然這把槍的確有開過好幾槍的痕跡，不過應該都是在射殺死者之前的事。這起命案的兇手並非笨蛋，搞不好是個智慧犯。」

火村詢問兇器來源，警部表示有可能是向黑道份子購買，目前尚未進一步查證。聽他的口吻，案情似乎陷入了膠著。

「是陳屍在這裡嗎？」火村看著地板上用白膠帶貼成的人形。陳屍處距離房門大約兩公尺遠。「說是自殺，的確有點奇怪。坐在地上，面向牆壁扣下扳機……」

「如果是他殺也很奇怪嗎？」

對於我的提問，犯罪學家頷首。

「有栖川老師說得沒錯。死者沒有任何抵抗跡象，可見應該一直被槍抵著。若是這樣，應該會讓死者面對書桌坐著才是，爲何會在這裡呢……」

火村突然回頭，開始檢視救護人員破門而入的房門。基於推理作家擁有的高度好奇心，我也跟在他的後面看著。雖然門沒有破損，但門栓已毀壞，左右滑動的橫木從中斷裂，固定於牆上的鎖片露出生鏽螺絲，搖搖欲墜。我不禁喃喃自語：「總覺得木製門栓有點詭異……」

「很奇怪吧！那是死者自己做的門栓。平時做些木工似乎是他少數的興趣之一，連看門狗的狗屋也自己動手做，該說他小氣？節儉？還是純粹出自興趣？挺微妙的，不過手藝還不錯。死者姊姊說，他雖然一個人住，不過每個房間都有裝門栓，並不是爲了保護隱私，而是預防宵小入侵。」

進來時好像沒看到什麼看門狗。

「看門狗昨天沒發揮效用嗎？」我問。

「因為罹患皮膚病，前天起就住進附近的獸醫院接受治療，兇手可能掌握到這項情報而決定行兇日期。」

戴上黑色絹絲手套扳弄門栓的火村突然「哦！」地一聲，接著單膝著地，拿了一張印有「英都大學社會學系副教授」頭銜的名片插進門下，測試門縫寬度，但是名片完全無法插入。接著開門，確認門板厚度，雖然只有三公分左右，不過看來滿堅固的。我仔細地盯著這扇門，想找找看有沒有被動過什麼手腳的痕跡，可惜連個針孔都沒瞧見。

「被打敗了！」我搔搔頭。「本以為是個微不足道的門栓密室，沒想到竟然這麼牢固，連由走廊用針與線讓橫木滑進的小技巧都沒發現，如果這裡沒被動手腳，那就只剩窗子了……」

「我也是這麼認為。」火村面無表情地說。

窗戶外裝上鐵窗，連幼稚園小朋友也無法出入。不只死者姊姊，連救護人員也證實窗戶還加了鎖，除了門與窗戶之外，只剩冷氣的氣窗，但是仔細調查後也沒發現牆壁與氣窗間留有任何穿線痕跡。當然，其他像是地板、牆壁和天花板等，警方也都已仔細確認過沒有任何穿孔痕跡。

「推理作家有何高見呢？」火村泰然自若地表示束手無策。

「我只想到一個假設，是剛才聽到死者的興趣是做木工而想到的。」

「願聞其詳，樺田警部也很感興趣呢！」

「沒錯。」警部也催促著。

看他一臉期待，如果我的假設不如他所預期就傷腦筋了。

「嗯……也就是說，因爲裝有鐵窗，所以兇手只能由門出入，問題是，兇手出了房間後該如何拉上門栓呢？如果能發現兇手用什麼方法就好辦了，應該不是以繩子綁住橫木由外拉上，因爲門上沒有任何縫隙，所以——」我的欲言又止讓火村瞇起了眼。「這個門栓應該是在救護人員衝入房間之前就壞掉的。」

「哦！」警部有些意外。「你所謂的壞掉，具體而言是什麼樣的情況？」

「就是現在這種情況——當然這都是我自己的猜想。假設命案發生時，死者佐井六助正在這間書房裡，可能是在思考什麼，或是掙脫兇手逃了進來，總之，他由室內將門栓掛上，於是兇手破門而入，門栓就在那時被弄壞了。」

「原來如此……感覺是一個十分強悍的兇手呢！」

「沒錯。兇手闖入房間射殺死者，爲了將死者僞裝成自殺身亡，於是動了兩個手腳。其一是攤開一本書放在桌上代替遺書，其二則是將書房僞裝成密室。」

「門栓不是兇手自己弄壞的嗎？又要如何僞裝成密室呢？」

「所以警方才會誤會門栓是發現屍體的人弄壞的——因爲窗戶裝有鐵窗，因此救護人員在破門而入時，很自然地就這麼認爲了。」

「死者姊姊與救護人員曾說，當他們發現房門是由內上鎖時還滿驚訝的。」

「他們只說門是上鎖的，不見得能證明門栓是由內側掛上。兇手應該是用什麼辦法讓門栓在壞掉的情況下也無法將門打開，或許是用強力接著劑黏接門與牆壁吧！」

「……接著劑？譬如木工使用的瞬間接著劑之類的嗎？」

「我對這方面沒什麼興趣，只是隨便猜測。」

「如果眞是這樣，應該就會在門緣留下什麼痕跡了，但我想應該沒有……」

我是沒發現任何痕跡啦，因此這只是口頭上的假設，或者，兇手是使用接著劑以外的方法讓門無法開關呢？想問一下火村與警部的看法。

火村他們調查過房門，確認完全沒有使用接著劑的痕跡後，似乎立刻對我的假設失去興趣。所以我才想問你們，兇手是不是用了其他方法——

「有栖，你的推理太牽強了。就算門栓在救護人員破門而入前就壞了，但還是沒有留下任何讓房門不能開關的痕跡，而且附近也沒有遺留任何可疑物品，就連陳屍處也距離房門兩公尺以上。」

我無力反駁。就算死者陳屍在門前，也不可能成爲妨礙房門開關的阻礙。

「讓門栓壞掉的房門無法開關的方法嗎？嗯，這也是一道難題啊！」警部癟著嘴，雙手交臂，腦中似乎在想什麼事，許久之後才鬆開交抱的雙臂。「密室之謎就先擱著吧！警方已經請死者姊姊多美代過來，應該就快到了，可以向她詢問一些事情。」

我沒有意見。

3

順利除掉佐井六助這個禍害。

眞佩服自己能如此冷靜地完成這件事。重新回想當時的情況，完全沒有任何疏失，成功地將命案現場布置成密室。照理說一切應該都會很順遂，實際執行時卻仍有點不安，不過，最後還是圓滿地達成目的。而且，警方一看到門栓還掛著，或許會不加思索地以自殺結案吧！這麼想會不會太天眞啦？

可是，就算被識破是他殺，也很難聯想到我是兇手，或者是查到弟媳自殺，也不太可能懷疑非直接債務者的我是嫌犯。即使眞的被列入黑名單，殺人動機比我更強烈、想除去夏洛克這個混蛋的人比比皆是，因此我算是個嫌疑較輕的嫌疑犯。

而且，遺留在現場的指紋已全部拭去，也沒忘記讓死掉的佐井右手握槍，好沾上他的指紋，再向帶去的枕頭開一槍，產生煙硝反應。另外，那傢伙從頭至尾都沒機會碰到我，因此他的指甲縫裡不會有我的衣服纖維，我也沒被任何人目擊到出入命案現場，一切都沒問題。

突然很想喝杯咖啡，我起身走向廚房，轉開瓦斯爐，低頭看著水壺沉思：原來殺人很簡單嘛！心中多少安穩了些，而且就如預期的，既不後悔，也沒有罪惡感，就像清掉院子裡的蜂巢似地，只感到輕微的疲倦與成就感。不過，過段時間後，會是何種情感向我席捲而來呢？是沒了恨之入骨的對象的空虛嗎？一回神時，水早已煮沸了。

電視新聞正播報某個遙遠國家的兵工場發生爆炸意外——佐井六助的屍體還沒被發現嗎？不可能，根據徵信社的調查，那傢伙的姊姊每個星期五晚上都會去找他，早的話八點，最晚十點，現在都快十二點了，應該已經被發現，而且警察也差不多展開搜查了，可能晚一點的地方新聞就會報導了吧？

不過，腦中浮現「開始展開搜查」這字眼的瞬間，心頭還是不免一驚。警方正開始對我的答案卷打分數，方才那股沉穩篤定的心情驟失，雙膝微顫。腦海裡出現了大批檢調人員湧入命案現場，閃光燈此起彼落的情景。

爲了鎭定心情，我沖了一杯濃郁的黑咖啡喝下，心中湧起無限力氣。不會有問題的！沒什麼好怕的，警方一定會認爲佐井是自殺身亡，我只要等著拿回滿分的成績單就行，還可以順便幫他們簽個名呢！

雖然如此，只是坐著等待成績揭曉並無法決定命運，他們一定會查出弟媳自殺這件事，遲早會來找我，屆時我得裝作什麼都不知道，好好發揮我的演技，不論面對多有名的刑警，一定要裝傻到底。

還在播報全國新聞，愛知縣有對夫婦因涉嫌虐待孩子致死而遭警方逮捕，全是一些讓人生氣的消息。這世上到處都有像佐井六助這種乏善可陳的敗類作威作福，他們這些罪無可赦的惡徒都必須接受制裁！而我今天就制裁了其中一個。這不值得誇耀，也沒必要恐懼，誰叫他死有餘辜。我這麼做不只是為了敦朗和夏海報仇，更是為了拯救那些飽受夏洛克欺凌的陌生人們，只要那傢伙多活一天，不知道又有誰將遭受不幸，我所做的一切便是遏止這種情形再度發生。

雙膝已經不再顫抖。

肚子有點餓，我想起冰箱裡還有個三明治。正大口咬著火腿豬排三明治時，電視上開始播報地方新聞。我屏息等待「神戶市灘區的獨居男子慘遭殺害」這條新聞畫面，不對，理想標題應是「獨居男子開槍自戕」。不論怎樣，因為與槍有關，不可能不報導的。他殺？自殺？究竟會以哪一個為標題呢？

什麼都不是。

一如預期，佐井的屍體是被其胞姊發現，但警方表示「目前正朝自殺與他殺兩個方向搜查」，播報員也沒提及命案現場呈現密室狀態，大概是應警方的要求吧！

原來如此，警方還沒斷定為自殺案件。雖然有些洩氣，卻也無可奈何，畢竟現在離發現屍體的時間只過了兩、三個小時。

總之，今晚佐井的屍體被發現後，這個殺人計畫算是完成了。這樣就夠了，今晚不用再忙任何事了。

酒量甚差的我啜飲第二杯咖啡，以示慶祝。

4

在客廳見到了佐井多美代。今年才五十四歲的她年長弟弟兩歲，因爲膚色與皺紋的關係，看起來倒像六十出頭，而且還染了一頭不太自然的黑髮。她與照片中的六助有同樣蒼老的臉孔，宏亮的聲音與長相不太搭調，講起話來咬牙切齒，表情豐富，就像她自己說的，「我是一根腸子通到底的個性」。她不僅哀傷弟弟的死，對兇手的殘忍手段更是氣憤至極，雖然這是親人慘遭殺害的家屬當然會有的情緒，但她給人的感覺卻像爲了某種災禍降臨而憤慨不已，頻頻抱怨「眞是不吉利啊」、「眞恐怖呀」。看她這樣子，只要是算命師都算得出來，她一定是在小學當訓導主任。

「我弟弟沒什麼女人緣，一直都是個王老五。聽說他幹了不少壞事，但是我從來不清楚他到底在幹什麼，只知道他好像用強勢的手段將生意做得不錯。單身漢不是有很多不便之處嗎？譬如三餐大部分都吃些高熱量的外食，所以每個週末我都會過來做些東西給他吃。從我家走到這裡只要十五分鐘，不過因爲學校在明石，我從學校過來都會比較晚才到。早一點的話大概八點，有事在忙就會拖到十點，不過他都會等我。我們姊弟兩人相依爲命，所以感情還不錯，雖然弟弟被錢給污染了身心，成了個貪得無饜的傢伙，但我還是站在他這邊。」

那是多麼寂寥的餐桌情景啊！不過，對她弟弟而言，也許是唯一能放鬆的時刻吧！附帶一提，多美代現在仍單身。

昨天星期五，她一如往常地準備到弟弟家。因爲與新進教員面談，抵達灘車站時比平常晚了一點，她在去車站附近的超市之前曾打電話給六助，卻一直沒人接，她也不覺有異。買完東西到六助家時大約九點五分，玄關門戶並無異狀，但是開鎖進屋的她，一瞧見流瀉至昏暗走廊的客廳燈光卻有些詫異。

「雖然他很小氣，不過從來沒有天黑後走廊還不開燈的情形。本以爲他可能有事出門，所以家裡才黑漆漆的，但客廳明明還亮著燈，一時之間，心頭七上八下的。我心想是不是發生什麼事了，但是走進客廳卻沒看到他，再到書房看看，房門卻打不開，門栓似乎由內鎖上，也就是說他在書房裡。不論我怎麼敲門喊叫，他都沒有回應。我有種不祥的預感，擔心他是不是因爲心臟病發作之類的而昏倒。我趕緊奔到庭院從窗戶窺看，書房內十分昏暗，有一個疑似六助的人倒在地上。我嚇死了，立刻打電話叫救護車。」

救護車不到五分鐘就抵達，三位救護人員聽了多美代說明狀況，從窗外察看書房情形後，決定破門而入。聽多美代說，門栓是手工木製，於是其中一位體格比較壯碩的隊員試著用身體撞門，撞了四次，橫木才裂開。

「當他按下牆上開關時，我驚叫出聲。六助頭破血流地倒在血泊中，身旁還有一把手槍……」

連一向自詡剛強的她，說到這幕也不免餘悸猶存。之後的事她完全不記得，等到回神時，人已坐在沙發上，一旁的救護人員還拿水給她喝，當然，是救護人員報的警。

由於多美代不記得之後的事，警方於是向救護人員詢問詳細經過。破門而入前，他們說的與多美代的證詞並無出入，之後，他們確認了六助已死便離開房間，在轄區員警趕到前保持現場完整。

聽完大概經過，我們問了她幾個問題，譬如六助家中的鑰匙。因爲玄關的大門有上鎖，若爲他殺，那麼兇手應該擁有一把鑰匙，爲了確認這點，才向多美代詢問鑰匙的數量。不巧她不太清楚，也不記得死者最近是否有提過鑰匙的事。目前還輪不到火村與我發問，因此這些都是由警方偵詢，可惜她所提供的情報乏善可陳，雖然姐弟感情不錯，卻不會涉及彼此隱私。

「六助先生是不是個性很一板一眼的人？」火村突然問。「看這裡的陳設，我想他應該是那種每個東西都得擺在固定位置的人吧？」

「沒錯，他是有點神經質。譬如，桌上不是有個菸灰缸嗎？若沒有擺對位置，他會很不高興。有時稍微摸一下而不小心歪掉，他也會立刻重新擺正。」

「如果畫框歪斜呢？」

「他一定會馬上扶正。」

火村似乎對這個答案很滿意，並沒再接著問下去。

結束與多美代的談話，步出走廊時，我才瞭解他剛才爲什麼那麼問。

副教授指著牆上的畫說：「右、左兩面牆上不是各掛了七幅與九幅畫嗎？其中有幾幅歪了，個性一板一眼的死者不可能視而不見吧！」

在哪？在哪？火村把手一指，我才發現，原來右邊有兩幅畫、左邊有三幅畫，確實都有點歪，就算平常很無所謂的我，看到也會隨手扶正——等等！

「這些畫都朝同一個方向傾斜！」我看看左右兩邊的牆壁，「你看，左邊的畫往玄關，右邊的畫往走廊盡頭，爲什麼會這樣？」

「不曉得，另外兩個規則性看出來了嗎？」

我知道其中一個。「掛得高高低低的畫中，傾斜的都是掛在腰部高度的畫，除此之外還有其他規則性嗎？」

「你看畫框，傾斜的都是有金屬框的畫。這三種規則性一定隱藏了什麼玄機。」

「是什麼？」

「不是說還不清楚嗎？不過我不認爲是刻意的。」

這些傾斜的畫作中也找不出什麼規則性。有描繪青瓷的日本畫，畫著魔術師親子的油畫，還有棟方志功的小品畫，大小都不一樣。

「會不會是某個人特地送他的畫？」

「總覺得傾斜這一點很奇怪，也許是種暗號——算了，再慢慢想吧！」

多美代走出客廳打算回家，我隨口問她畫作傾斜一事。她有些詫異，表示平常並無此異狀，也無法說明爲何會這樣。

送走多美代後，這次詢問對象換成警部。

「身爲死者的唯一親人，應該能繼承不少遺產吧？對於死者姊姊，警方有何看法？」

警部拂去沾在胸口的灰塵。「一般而言，是有可能因覬覦遺產而殺人，可是多美代不像急著用錢，與弟弟相處也很和睦。犯案時間推斷爲下午三點到六點，這段時間她正在學校處理校務，有明確的不在場證明。」

「也許這想法有些牽強──如果是她雇用殺手殺人呢？」

「經過調查，她身邊並沒有類似這樣的人。我認爲，與其追查她，還不如清查與死者有借貸往來的人比較妥當吧！」

「你已經列出嫌疑犯的名單了嗎？」火村望著牆上的畫問。

「有，你看一下。對了，忘了說件事。我們還找到一項能排除死者自殺的證據：死者昨天下午曾在住家附近的便利商店買東西，收據就放在錢包裡。警方也向店員確認過，他買的都不像是打算自殺的人會買的東西，有杯麵、三明治、魷魚絲與口香糖，還有三卷空白錄影帶，此外，死者胃裡並沒有殘留收據上所列的任何一項食物。」

「胃裡沒殘留……意思是說他沒吃嗎？」火村望向警部。

「是的，應該是被帶走了。這個兇手還眞是粗心大意！光是死者購買三卷空白錄影帶就足以判斷其僞裝自殺的功夫白費了，而且兇手應該也沒想到死者皮包裡竟然還留有收據。」

這是兇手的失誤。然而，即使兇手發現並拿走收據，但光是弄錯死者的慣用手一事就足以使自殺一說露出破綻。

警部從衣服內袋掏出一張紙，是死者的債務人清單。雖然只列了一打名字左右，不過其中大部分是那些還不出錢而自殺或妻離子散的債務人之近親。

假如我被殺了，也會有這種名單嗎？如果有，希望別太長才好。

「兇案發生於平日下午，因此也有人與佐井多美代一樣擁有明確的不在場證明。名字前面畫上記號的是有不在場證明的人，去掉七人還剩五人。」

名單上的這些人，年紀幾乎都在三、四十歲左右，男女各半。不過，光憑這樣當然無法看出些什麼。

「這張名單的增刪都經過我們警方仔細調查，希望能對你們所主張的現場爲密室一說多少有些幫助。」

這時的我們還摸不透兇手到底耍了何種詭計。

5

星期二，收拾掉夏洛克後第四天。

去醫院打完點滴，一回家便遇上不速之客——搜查一課的刑警。他說想問些關於上週末橫死的佐井六助一事。這一刻終於來了嗎？我的身子微顫。對方遞出的名片上面印著「野上巡查部長」，長得一臉苦相，看起來不太好惹。這人就是我的假想敵嗎？野上還帶了兩個男人來，一位是京都英都大學社會學系副教授，也是個犯罪學家，另一位則是推理作家。這是什麼組合啊？眞奇怪。

「這兩位曾協助警方偵辦過無數刑案，可說是兵庫縣警的顧問。他們對一切的搜查過程都會保密，請放心。」

野上的口氣似乎不甚愉快，也許他根本就不希望有什麼顧問介入調查，但卻礙於上面指令，不得不帶著犯罪學家們登門拜訪。

管他的，這種事與我何干。既然有犯罪學家和推理作家同行，看來野上也不是什麼多厲害的刑警，這樣我應該不用擔心會有什麼脫軌演出了。不行，愈想表情就愈僵硬，趕緊收斂一下。

「貴公司說你從昨天開始就請病假了，還好吧？」帶他們前往客廳時，野上率先開口問。

讓我得知他知道我請病假一事，是想先來個下馬威嗎？不過我沒穿著睡衣，也不能回答一直睡到現在。

「因爲染上重感冒，昨天一直昏睡，不過現在好多了，明天就能上班。」

「上星期五也請假嗎？」

肯定是聽公司的人說吧！

「是的，不過不是感冒，純粹是想消化年假，出去透透氣。因爲加上六、日兩天就是三連休，我正想出去旅行，沒想到竟在這時覺得不太舒服，結果一直待在家裡，頂多到附近買個東西、散散步。」

爲了避免他們多問，我主動表示命案當天一直在家，這麼說會不會很不自然呢？野上一副撲克臉，一旁犯罪學家與推理作家也沒有什麼明顯反應。

「從上星期五到這星期二，連請了五天，工作肯定堆積如山吧！」這是出自眞心的喃喃自語。

「聽說你任職於醫療機器製作公司的研究室，是負責何種職務呢？」

「現在主要是負責MRI。」

「啊！我得了輕微肝炎時有用過，是拍攝內臟照片的一種儀器。」

雖然不太想觸及這話題，也只能據實回答，看來他們早調查過一切，還故意這麼問。

「原來如此……」野上變了口氣，「那麼，你曾經見過佐井六助先生嗎？」

「就是那個專放高利貸的佐井先生是吧！嗯，見過一次。既然你們來找我，應該知道我弟弟夫婦的事囉！我弟媳自殺身亡，在她的喪禮翌日，我一直陪在心情極度沮喪的弟弟身邊，沒想到那個人居然跑來，劈頭就說些要我們還清借款等極度沒神經的話，我們也毫不客氣地反擊。就算不是當事人的我，也清楚記得那天的憤怒。對方也明白弟弟沒有義務代償債款，但就是緊咬不放。」

說只見過一次有點離譜，其他部分也與事實有些出入。不過喪禮翌日佐井就跑來是眞的，那時我們根本不想看到他，也沒力氣和他爭辯。現在的我只是想講得誇張點，看看他們會不會覺得我是個正直之人。

「那個夏洛克……」

一冒出這句話，那位叫有栖川的作家立刻「啊」地叫了一聲，看來他知道我爲何會替這傢伙取這個綽號吧！有著 SOHO 族調調的男人一臉認眞地說：「因爲佐井六唸起來很像夏洛克嗎？」

沒錯！說是出自莎翁名著也可以。

「之後還曾與他接觸過嗎？」

野上的口氣十分篤定，我也堅決地回答沒再見過。很好，表現不錯。化身演員的我，有種甫登上大舞台的羞怯感。

「也沒去過位於灘區的佐井六助家嗎？」

眞囉唆。

「當然沒有。」

我有自信沒被任何人目擊出入命案現場，佐井應該也沒機會和他姊姊閒聊，但也有可能透過電話……雖然有點擔心，但我不會因此退卻的，就算前往佐井家一事被識破，用「因為想想又很氣，的確是有去過他家抱怨」之類的藉口裝傻辯解就好了。

「那我就單刀直入地問了。」

野上的口氣又變了，方才的沉穩感也沒了，有點像是由正坐變成盤腿而坐的感覺。

「星期五下午三點到六點之間，你在哪裡做些什麼？這段時間是佐井六助遇害的時間帶。」

我嚇得往後仰。這不是演技，我沒想到他們會如此突然地直指核心。我不斷告訴自己「別慌！冷靜點」。

「佐井……是他殺嗎？聽說是自殺啊……」

「也有部分報紙報導有明顯他殺嫌疑喔！那些精力充沛的記者連晚上也追著我跑，所以就這樣洩露出去了！兇手似乎沒調查好死者平常慣用哪一手——我們曉得令弟含恨枉死，身為親人的你當然會對佐井六助恨之入骨，但我們不會草率辦案，所以想請教你當天的行蹤，如果有充分的不在場證明，我們也不會苦苦糾纏。」

就算沒有不在場證明，也不可能就這樣斷定我是兇手。

「我在家。」

我挺胸反覆說了好幾次，野上倒也未顯失望，只是點頭說了聲「是嗎」。不過，我要放心還太早。

「你從星期五深夜到星期日曾前至附近醫院掛急診，住院了三天兩夜，對吧？應該不是因爲重感冒而住院吧？」

居然連這種事都查過了，我有點慌了。雖然不想讓他們知道我爲何住院，但又不能拒絕說明。

「其實……是食物中毒，好像是因爲喝了過期牛奶。我覺得很丟臉，才藉口說是感冒……」

醫生問診時，我也是這麼說。

「從出院到今天的這段期間還沒倒過垃圾吧！那個牛奶紙盒還在嗎？」

「這種問話方式眞像衛生所派來的人呢！」我的內心戰戰兢兢，「當、當然在啦！連垃圾袋也要翻嗎？但紙盒裡的牛奶早倒掉了，也查不出有沒有含菌——」

「爲了瞭解一些事必須這麼做，稍後請讓我們看一下垃圾袋——對了，星期五時，佐井先生家附近的便利商店發生了一起事件，你聽說了嗎？有三個人吃了那間店賣的火腿豬排三明治，結果食物中毒被送往醫院，但是那天賣出去的火腿豬排三明治卻有四個。」

我的腋下直冒冷汗，這傢伙愈來愈逼近問題核心了，彷彿有把尖刀正抵著我的喉頭似地。

「購買第四個三明治的人就是佐井先生，我們有證據與證人能證明此事。而這個三明治卻被警方追緝的兇手從命案現場帶走。當然，兇手是有必要這麼做，但並不是因爲想吃而拿走，所以或許會立即丟棄，但也有可能帶回家，覺得不要浪費而吃掉。」

「你、你是認爲那天食物中毒的我很可疑嗎？這未免太離譜了吧！我可是因爲喝了過期牛奶才鬧肚子疼的。」

完全是始料未及的發展，我的額頭頻冒冷汗，只能裝作若無其事地——也許這麼做也極不自然——頻頻拭汗。裝三明治的塑膠袋還在垃圾袋裡，爲什麼我沒有立即處理掉呢？他們如果眞的展開搜索，一定還會找到泡麵與空白錄影帶，我怎麼會犯下如此愚蠢的失誤？輕蔑佐井六助是個吝嗇鬼的同時，自己竟也有同樣性格。

但是我絕不能在這裡放棄，就算警方找到這些東西，也不能作爲決定性的證據。不論他們怎麼說，這些都是些大量生產的商品，而且……而且……

至少他們無法說明現場爲何會呈密室狀態。一旦搜查陷入僵局，他們也許會改以自殺結案。然而，這希望卻徹底被野上粉碎。他雖然沒說得很清楚，但很明顯地，我搞錯了夏洛克的慣用手。自殺一說眞的無法成立嗎？不過，至少我還有密室之謎這道最後防線。

「對了……」

領帶打得鬆鬆垮垮的火村副教授開口。不曉得所謂的犯罪學家會迸出什麼話，眞是令人格外緊張。他是個給人感覺有些冷酷的傢伙，也許是因爲常協助偵辦案件的緣故，和他說話格外有種接受外科醫生問診的氣氛。

「你現在身上這件麻質外套，星期五外出時也是穿這件嗎？」

「是的。」這個問題的企圖不明，姑且老實回答好了。這不是這個季節常見的裝扮嗎？而且火村自己也穿著類似外套。

「你在公司是擔任ＭＲＩ的研究吧！那個東西怎麼說……記得是叫……」

「……磁共振造影儀。」

「沒錯，就是使用強力磁鐵進行斷層掃描。ＭＲＩ簡稱爲magnetic resonance imaging……由我來解說好像有點奇怪，常石先生才是研究這種尖端醫療機器的人啊！」

「我研究的是根據磁氣的共鳴，將原子磁矩的微小振動記錄成圖像的儀器。因爲是利用磁氣代替Ｘ光線的活體斷層掃描，所以完全不會對患者造成影響。目前所要研究的是如何保持更高度磁場的一致性，還有與受信導線連結的方法——」

我自暴自棄地滔滔不絕，但是看到火村那冷冷的目光便不自覺地閉上了嘴。

「謝謝你的解說，太過專門的術語我們也無法瞭解。總而言之，這是一種使用強力磁鐵的機器沒錯吧？」

沒錯。如果讓他們見識到相當於地表重力十倍的１Ｔ磁力（註：T＝tesla，磁場強度單位），他們不驚呼連連才怪。總而言之，要是忘了關掉ＭＲＩ就進去打掃，就連業務用的大型吸塵器都會被磁力吸引，在空中飛舞。美國就曾發生過氧氣筒被ＭＲＩ吸入，東碰西撞地把儀器砸壞的失敗經驗，也有檢查中之患者被隨便放置的滅火器撞擊到頭部而致死的慘劇。要是他們知道如何確認儀器是否正常起動，一定也會嚇一跳吧！以前都是先蓋住開口，然後檢查螺絲起子是否能與蓋子垂直立起。

「也就是說，常石先生應該拿得到強力磁鐵吧？」

我也許會敗在這個男人手上。我點點頭，喉嚨益發乾渴。

「如果將這種磁鐵放進口袋帶著走，周圍金屬物都會受到影響吧！」

「若是很大的磁鐵……就很危險。」

「哈哈。如果用布謹慎地包起來，應該就沒事吧！假設，只是假設喔，如果我將磁鐵放進外套右邊口袋去看展覽，然後沿著牆走，金屬裱框的畫有可能會往一定方向傾斜吧！」

他到底想說什麼？我沒有去看什麼展覽呀！等等，莫非……他指的是掛在佐井家走廊的畫嗎？受到磁鐵牽引，畫便會朝我走的方向傾斜……

「你的臉色不太好呢！沒事吧？」

「沒事。」

怎麼可能沒事。

「我就直接說了吧！在佐井六助先生慘遭殺害的現場，木製門栓由是內掛上的，就他殺而言，這是不可能的情形，我們推斷這一定是兇手特別設計的密室，於是拚命思索兇手到底用了什麼方法

——若使用像你研究室裡的磁鐵應該就能辦到吧！」

一旁的野上沉默不語，解開密室之謎的工作是交給火村嗎？

「怎麼可能？木製門栓沒有磁力啊！」

「你不是替死者取了個綽號嗎？一提到夏洛克，就會想到《威尼斯商人》裡『會發光的東西不見得全都是金子』的台詞，這也能套用成『會被磁鐵吸引的東西不見得全都是鐵』。」

「磁鐵只能吸引鐵的東西，世界上沒有能吸引木頭的磁鐵。」

我已經成了恐懼的俘虜。

火村看著膽怯的我，繼續說道。「的確，磁鐵是無法直接對橫木產生作用，但若利用間接的方法倒是挺簡單的，只要在木製門栓的橫木上裝個能令它滑動的東西就行了。兇手在門栓還沒掛上的情況下走出房間，取出磁石，在這個能令橫木滑動的東西上間接地施以磁力，便能掛上門栓。」

已經完全被識破了，但我還是想再確認。

「……能再說明得具體一點嗎？」

「房門敞開時，在還沒掛上的橫木嵌上含鐵的東西，於房門內側用磁鐵測量、固定含鐵物的磁性與位置後走出房間。接著，站在走廊上的兇手再將磁鐵緩緩移動，橫木上的含鐵物便會受磁力吸引而移動，進而使橫木滑進門栓。只要拿走磁石，那個含鐵物就會掉在地上，如此一來便完成密室的布置作業。如果使用ＭＲＩ診斷儀器上的磁鐵一定能輕鬆辦到，也許不需要用到磁性那麼強的東西，磁性弱一點的磁鐵也可以。反正能調節強弱，使用起來非常方便。」

我已經不曉得該用什麼態度來面對眼前的一切了。

「含鐵的某個東西，這說法還眞是麻煩。我想你應該很清楚那是什麼吧！就是滾落在屍體旁邊的手槍。兇手十分狡滑，不但用手槍當兇器，更拿來作爲由門外扣上門栓的工具。」

火村直盯著我的雙眼。

「這個詭計便是利用強力磁鐵與手槍的組合，而且實行起來也不會特別困難。先前若沒進行實物演練，或許會很棘手，但是等到實際執行時，也很難說不會一次就能成功，不過最好多練習幾次會比較保險。」

我不是爲了這項詭計才準備磁鐵與手槍。磁鐵不是問題，但是對槍法沒有自信的我，爲了這項復仇計畫，很早便買好了手槍。直到去夏洛克家探查時，發現每個房間都裝有木製門栓，才想到這個詭計……不過，如今再對火村說「你的順序錯了」，也沒有什麼意義。

「我一直在想，兇手選擇星期五犯案是不是因爲這樣對他最有利呢？怎麼說呢，因爲死者胞姊都會在星期五晚上來訪，兇手算準了那天晚上要讓她發現屍體。畢竟夜晚是一大關鍵，如果我是兇手，當然希望屍體被發現時——也就是破門而入的那一刻——房間漆黑一片。因爲四周昏暗，才不會看到掉落地上的手槍被門撞飛，滾落至屍體旁邊。不論自殺或他殺，陳屍位置都不太自然的原因就是這個。」

我所構築的最後一道防線被徹底擊潰，不留一絲痕跡。我已無力反抗眼前的男人。

「兇手或許自恃這個把戲絕不會被識破，其實只要調查遺留的證據便能知曉——因爲兇槍還帶有磁氣。」

原以為自己實現了一場完全犯罪，沒想到這個幻想僅維持四天便破滅。我到底在哪個步驟出了差錯呢？我不自覺地反覆思量，是誤判夏洛克的慣用手？或是貪心地吃掉從那傢伙家裡帶回來的三明治？抑或是沒想到如何防止手槍帶有磁氣的方法？還是……

沒料到舞台上會出現火村這號人物？

我無論如何也無法饒恕佐井六助那種人，這個世界上就是有那種不可原諒的傢伙。

你不認為嗎？

當我抬頭想這麼問犯罪學家時，他那蘊含青白火炎的眼瞳正盯著我。

那是對罪無可赦者的輕蔑眼神。

瑞士手錶之謎

1

男人躺在床上抽菸。

不要抽比較好吧？女人心想。

——這樣不是很危險嗎？萬一菸灰掉到床單上，燒了起來要怎麼辦？

可是她什麼都不敢說，因爲不想被說是個囉唆的女人。他不是什麼很不平凡的男人，但是她很清楚，他的自尊心卻異常地高。她第一次遇到如此自視甚高的男人。

「下個月月底又要去上海了。這次還是沒談出個結果，眞是受夠姓陳的那個老狐狸了！」

居然在這時談起公事，而且還唱獨角戲，眞是悲哀——

「妳也一起去一次看看吧？還是不要好了，下個月太趕了，另外再找機會吧！對了，我九月中旬預定飛一趟香港。」

「我也能去嗎？」女人揚聲問，床單因爲突然坐起而順勢滑落，她趕緊將它拉高到脖子處。

「嗯，可以多待一天，一起去吃點好吃的好了。總要放鬆一下吧！對了，妳的生日是在九月中旬吧？」

「九月十四日。」

「幾歲生日？」

「二十八。」

「那就請妳吃頓頂級晚餐當賀禮吧！」

好高興。女人忍不住脫口而出：「謝謝你，社長。」

「不是說下了班就別叫我社長嗎？要改掉這習慣呀！和歌奈。」

「是……村越先生。」

男人笑著捻熄香菸，披上浴袍。從窗簾隙縫間灑下的月光照著男人輪廓深邃的側臉，她出神地望著他那比早上更顯濃密的鬍鬚。

「今後也得多麻煩囉！」

這句話與其說是指公事，聽起來倒像在指私下交往一事。她的心中有些許無法彌補的缺憾，因爲這句話並非愛語，而是帶有「今後也要常與我上床」的輕佻意味。感嘆這種事可能太過奢侈，至少他說兩人的關係不只今晚。

「對了，關於週末加班一事，如果不方便就不用勉強。」

又是公事。這男人一點都不懂得珍惜魚水交歡後的甜蜜氣氛。

「不，一點都不勉強。星期五已經請了假，而且還得趕快補回因爲電腦故障而落後的進度。」

「說到電腦，眞不知該說它方便還是不方便，眞是個怪東西。以前沒那種東西，人們還不是過得好好的——妳想去就去吧！別太勉強就好。這個週末我也要好好放鬆一下。」

聽說要參加高中同學會。

「不算同學會啦！只是六個高中臭男生組成一個叫作『社會思想研究會』的奇怪社團，大夥兒約好定期聚聚。是研究什麼的社團啊？也沒什麼，不過是六個資優生自成一國的社團。有時交換一下讀書心得、辯論社會不合理之事、交換考試情報，還有聊聊女生的八卦吧！有一次掛名的社團老師問我們校慶打算做什麼，結果我們故意回答他：『目前我們正在研討《安藤昌益的思想學說》與《結構主義宇宙論》，一般人應該無法理解吧！』——哈哈！我們眞是一群挺惹人厭的傢伙啊！」

女人回以曖昧的微笑。這是唸書一流又恃才傲物的男孩們誇示能力的方法吧！

「現在還會定期聚會，感情眞好呢！」

男人輕撫下巴，發出磨擦鬍渣的性感聲音。

「雖說是一輩子的朋友，但也不會一直膩在一起。」

他們這種男人一旦起了衝突，肯定會在檯面下暗自較勁吧？雖然不是很懂男人這種生物，但是鬥爭與支配欲似乎就是他們的動力來源。女人的世界雖然也叫人喘不過氣，只怕男人猶勝幾分。

「擁有從學生時代交往至今的朋友眞令人羨慕！我也有兩個從高中起就認識的朋友，現在還常常通電話、互訴心事。」

「女人間這種單純的友情眞不錯哪！像我的話，還有其他的事要商談呢！」

男人撇嘴，彷彿嘲笑誰似地，露出誇耀勝利的笑容。眞希望沒看見男人這不爲人知的殘忍面。

「再沖一次澡好了。要喝什麼自己拿吧！」

男人哼著歌從床上起身，搖晃著雙肩走向浴室。

女人裸身下床，站在窗邊。從窗簾縫隙間俯瞰下方，夜更深了，整個都市燈火稀疏。遠處的飯店窗邊是否也站了一個與自己一樣的女人呢？

女人聽著男人淋浴的聲音，心想，他是否有一種自卑又自大的心理在作崇呢？直覺告訴她，男人似乎十分焦慮，也許是自覺成就不如同伴吧！

——我可以改變那個人嗎？

雖然沒什麼自信，仍想挑戰看看，她決定放手一搏。

——我要讓那個人變得更自由。

當她向地上群星發誓的同時，浴室傳來一聲慘叫。

2

我從奇妙的夢境中醒來，立刻瞄了一眼枕邊的鐘。早上十一點五十七分，和平常相較不早也不晚。清晨六點才入睡，大概只睡了六個小時吧！這種生活方式過久了，漸漸會睡眠不足，睡到快下午兩點才醒對我來說已是家常便飯。

我一邊洗臉，一邊想著，反正肚子沒有很餓，午餐就隨便吃個麵包吧！用吐司來做個像咖啡店在賣的綜合三明治好了，得先準備材料才行。

切了幾片火腿和小黃瓜，再煎個蛋，雖然手忙腳亂，腦子卻還沒完全清醒。爲什麼會作那種夢呢？最近明明沒發生什麼特別的事啊？一個人生活連個說話對象都沒有，實在有點寂寞。不，那不是個可以對人訴說的夢境吧！

我拂去腦中殘存的睡意，想著如何安排工作。雖然沒有什麼很急的稿件，可是也該開始構思新的長篇了，問題是，現在根本沒有靈感，而且也想不出之前寫的東西要怎麼改會比較好，心情不知爲何沉重不已，生理時鐘明顯繪出下滑弧線。明明想一輩子從事這份工作，現在卻有一種即將陷入嚴重瓶頸的不祥預感。

「做好了。」

將做好的三明治裝盤，端上餐桌。電話響起時，咖啡也剛好煮好了。我心想，這個時間應該不會有人打來討論工作，一接起電話，才發現是火村英生打來的。

「起床了嗎？小說家？」

「剛做好午餐，正要吃呢！怎麼這時候打電話來？找我這個三流推理作家有什麼事嗎？」

果然如我所料，犯罪學家目前人在命案現場，可能連午餐都還沒吃，正在觀察死狀甚慘的屍體傷口吧！

「我現在人在大阪，在信濃橋附近的一棟大樓。」

這次是一件經營管理顧問公司的男人於自宅兼公司遭人毆殺的命案。信濃橋接近大阪中心的辦公大樓區，搭地鐵過去不用三十分鐘。

「又丟下學生去做你的實地考察了嗎？假請太多怎麼升得上教授呢？」

「你睡昏頭了嗎？學生正在放暑假。」火村說。

看來我是眞的睡昏頭了，大學早就放暑假了。前幾天才剛舉行過天神祭的（註：日本的夏日祭典之一，在七月二十五日舉行），不是嗎？

「誰叫我是自由業，抱歉囉！我沒有什麼很急的工作，過去一趟好了。我先解決一下午餐，大概一點半左右到。」

「屍體已經搬離現場，不用急著趕來。你記一下地址——」

命案現場位於一棟四層樓的舊辦公大樓一樓。死者村越啓爲管理顧問公司的社長，也是這棟村越大樓的所有人。

「知道了。待會兒見。」

剛才的夢已經完全自腦中消失，接著就要進入修羅場般的兇案現場了，現在不是反芻已逝的夢境，沉浸於感傷的時刻。

啃著三明治，將早報攤開在桌上瀏覽，上面並沒有任何關於這起命案的相關報導。報紙上沒刊登也是當然，我也才剛由火村直接告知。可能是因爲大阪府警方今天早上才發現屍體，趕緊聯絡在京都的火村副教授，所以火村才在中午前便抵達命案現場吧！

火村英生是一位將犯罪搜查當成實地調查的社會學家，也是甚受大阪府警方倚重的名偵探，至今已參與過無數案件的搜查。火村並沒有說清楚這是一起什麼樣的事件，只知道顧問公司的社長在自宅慘遭殺害，聽起來沒有什麼奇怪之處，警方這次請他出馬似乎輕率了點。

當然，火村每次遇到的並非都是兇案現場呈現密室狀態，或是死者留下意義不明的死前訊息等案子。基本上，警方的心態是，如果請勘查過許多命案現場的火村副教授參與，偵辦起來會比較順利。於是連極其普通的殺人事件，搜查本部也會請他幫忙。這次恐怕也一樣，那麼，身爲助手的我不就無法發揮推理作家的想像力——還是妄想？——了嗎？

雖然火村說不趕時間，不過我還是匆匆用完午餐，準備出門。讓身體活動一下，至少能暫時逃離陷入創作瓶頸的不安。

一打開門，一股熱氣迎面襲來。炎夏籠罩下的大阪，彷彿平底鍋上的煎蛋，要外出得要有相當覺悟。

步行約五分鐘抵達地鐵四天王寺前夕陽丘車站時，全身早已汗流浹背。之前大阪作爲舉辦二〇〇八年奧運的候補城市時，曾想將奧運開幕日與七月二十五日的天神祭訂在同一天。理由是正逢暑假，不但市民方便以義工身分參與，也能藉機炒熱祭典氣氛，只能說這城市的野心還眞大。如果在這種酷暑下跑馬拉松，俄羅斯或北歐的選手應該都會融化吧！

汗水雖然在冷氣強烈的電車中蒸發殆盡，但在谷町四丁目換乘到本町的地面電車時，又是另一番酷暑。盛夏的街道因爲柏油路面的反光而被炙烤著，一群高樓的玻璃帷幕化作無數太陽，炫目刺眼，車子吐出的廢氣化成搖晃的蒸騰熱氣。

這是多麼虛幻的景色啊！虛幻，卻又眞實的酷熱。明明現在正前往鮮血淋漓的殺人現場，心中卻期待早點抵達現場乘涼。

我事先確認過地圖，所以很順利地抵達目的地。其實走到這附近後，只要看到警車與警方拉起的藍色帆布，立刻就能知道自己到了。除了兩個穿制服的年輕粉領族發牢騷說「熱死了」，一邊卻又抬頭看大樓外，四周並沒有其他看熱鬧的人——既然那麼熱就快走啊！不然眞的會像冰淇淋一樣融化哦！

村越大樓位在四橋大道上一條往西的路，那是一棟小小的四層樓大樓，水泥外牆有明顯黴斑，二樓租給牙科診所，三樓和四樓的窗戶上則掛著「出租」的看板，似乎不怎麼繁榮。仔細看會發現玄關與窗戶周圍有常春藤的浮雕，多少還有設計過，花錢整修一下，應該就能令人耳目一新。

我裝成只是通過兇案現場的樣子，迅速鑽進帆布內，隨即發現穿著白襯衫的森下刑警。

他反射性地輕輕點頭說：「這麼熱的天氣，還麻煩你跑一趟。」

「哪裡。」我也回禮，「火村在裡面嗎？」

「是的，在第二間房間，現場是死者的住家——」

「這不是有栖川嗎？」一個聲音蓋過年輕刑警的話，隨即一個光溜溜的禿頭冒出，原來是隊長船曳警部，鬆垮的襯衫搭上吊帶褲是他一貫的穿著。「每次都麻煩你眞是不好意思啊！這次的事件沒什麼推理小說的色彩，比較像是因爲怨恨而衝動殺人——總之，請先看一下現場吧！」

一進去就有個管理員室，卻不見有人在裡面，可能因爲沒有人來租屋，請個管理員也浪費吧！信箱上只掛著兩個名牌，一個是二樓的『樋口牙科診所』，還有一樓的『村越管理顧問公司』。

沿著被日光燈照得通亮的走廊來到第二間房間，一開門就見到火村回頭對我說「還眞快啊」。他的夏季麻質薄外套的兩隻袖子高高捲起，雙膝跪地，正在調查桌腳四周，房內沒有其他搜查員。

「這間辦公室看起來比大樓外觀更氣派吧！眞想在這種地方工作。」他戴著黑色絹絲手套的手正翻弄長毛地毯說道。

房間約莫七坪半，窗邊擺了一張沉重的桃花心木桌，右邊靠牆並排著同材質的書櫃，左邊角落爲會客區，有著典雅的茶几與沙發，一旁還有個收納東西用的置物櫃。整體空間還算寬敞，傢俱看起來質感都還不錯。硬要挑剔的話，就是這張蓬鬆地毯在夏天嫌熱了點。

火村緩緩站起，對船曳警部說：「果然有什麼東西打破了，桌角的這個擦痕還滿新的。」接著又喃喃自語，「地毯絨毛中好像有發光的粉末，是破掉的玻璃碎屑嗎？但是桌上和房間裡都沒有發現類似的東西，兇器本身也沒什麼損傷。」

「檢查一下吸塵器裡的垃圾，也許能查出什麼。幸好沒有太多，分析起來應該比較容易，要是有什麼結果會立刻告訴你。」

「麻煩你了。」副教授凝視手套指尖，上面大概是附著了什麼粉末吧！

「那麼，我來向有栖川說明一下大概情形吧！」

火村制止掏出記事本的船曳警部。「啊！不用這麼麻煩，你還有很多事要忙，我來跟他說明就可以了。」

也好，這樣我也比較自在。

「那就先失陪了。」穿著吊帶褲的警部走出房間。

犯罪學家檢視著散在桌上的文具用品和文件說：「歡迎蒞臨命案現場，有栖川老師。我來大致說明一下案情吧！死者叫村越啓，年齡和我們一樣。」是三十四歲吧！「是『村越管理顧問公司』的社長，但是底下只有一位女秘書，屍體就是她發現的。」

「那是幾點的事？」

「我會從頭說起，耐心聽吧！——村越啓同時也是這棟大樓的所有人，是在五年前從已故的父親那裡繼承來的，母親很早就過世了。」

死者的亡父擁有大阪市內三棟十分值錢的大樓，泡沫經濟時期應該是個有錢的資產家，死者在繼承時賣了兩棟，只留下手邊這棟空大樓，他可能也沒將租金的收入納至固定資產稅內申報吧！

「這裡是辦公室，那死者住哪？」

「他將隔壁房間兼作客廳與寢室，似乎從沒開伙，因爲沒有廚房。那裡有確實上鎖，沒有兇手闖入的痕跡，典型三十四歲單身漢的房間，還蒐集了許多看來很高級的蘇格蘭威士忌，應該是個沒什麼興趣的工作狂。床邊盡擺著《中國經濟之死角》、《創業家的成功戰略》之類的商業書，還有一些做過記號的公家報紙。」

「這間管理顧問公司的營運狀況如何？看來似乎頗具規模。」我看了放著成排文件的櫃子，喃喃自語。櫃子上面還有標示著①、②、③的紙箱。

「根據秘書的說詞，死者似乎相當忙碌，不過他並非以大型企業爲客戶，而是東作西拉，靠其敏捷的辦事力到處拉生意。」

「從文件檔名看來，好像跟中國的往來比較頻繁。」

「聽說最近一個月內要去上海和香港出差。死者很有語言天分，不只英文，連廣東話和中文也講得很好。」火村將文件挾在腋下，坐在桌邊。「你現在站著的右側不是有個貼膠帶的地方嗎？那裡是村越啓的陳屍處。」上面還有點血漬。「死者面牆側躺，死因爲後腦遭鈍器重擊，兇器是桌上放置的玻璃菸灰缸，兇手與死者最初可能是面對面坐在會客處的沙發。」

那只菸灰缸已被帶回鑑識，不在現場。是個重達三公斤的重物。

「被現場的菸灰缸重擊後腦致死嗎？很像是一起突發事件。兇手是客戶還是死者熟識的人呢？可能是趁村越不備時給予重擊。」

「不太可能是趁死者背對沒防備時。」

「怎麼說？」

「死者身上有抵抗的痕跡，他的右手有外傷，應該是兇手拿菸灰缸砸過去時打到的。拚命逃往門口時，遭到兇手由後面重擊，而且應該還經過一番扭打，因爲死者前襟雜亂，這張大桌子的位置也有點偏，可能是兇手或死者撞歪的。目前尚無法判斷起因是生意上的紛爭，或與友人一言不和。死者口袋有皮夾，裡面有現金八萬圓與兩張信用卡。」

室內沒有任何可疑人物闖入的跡象。

「這麼說，熟人所爲的可能性居高囉？」

「我同意你的看法。」

「說到這張桌子，」我的眼光落在腳邊，「這附近的地毯好像也被扯動過，似乎有移動過一張單人沙發。」

這微微的痕跡往房間中央斜去，連接會客處與櫥櫃。

「你觀察得還眞仔細，有栖。這就得問問那位秘書了，接下來還有很多事要向她確認。」

我還沒聽到最重要的事。「推斷的死亡時間是？」

「昨天下午四點到八點之間，解剖後應該會更精確。」

「比我想的還早，若是這段時間，路上應該滿多人的吧！」因此，就算沒有管理員，可能仍會有人曾目擊可疑人物出入。

「搜查人員已分頭查訪。先是二樓的牙科，那個時間帶有患者出入，可能有人曾撞見兇手。」

「如果死者曾拚命掙扎，應該會有人聽到什麼碰撞聲吧？」

「不太可能。案發時，一樓只有兇手和死者，若不是很大的碰撞聲，根本不可能傳到二樓的牙科診所，就算傳得到也有可能被機器聲蓋掉。」

「秘書不在嗎？」

「她叫安田和歌奈，昨天請特休。今天早上八點十五分到公司，沒想到卻發現老闆屍體。」

還眞是請得剛剛好。

「等等，昨天是星期五，今天是星期六啊！」

「星期五請假是爲了回岡山老家參加祖母的一週年忌日，而且爲了處理積著沒做的工作，曾向老闆說過週末要來加班。」

只要調查一下就能知道她有沒有回岡山老家參加法事，這個不在場證明還說得通。

「村越啓的工作是否發生什麼糾紛或麻煩，她應該會知道吧？」

「她說沒有什麼大麻煩。不過，她說自己雖是秘書，工作卻幾乎由死者一手主導，她只是做些處理簡單事務、接聽電話等雜務。對了，死者的業務範圍似乎相當廣泛。」

「有幹什麼非法勾當嗎？」

「她很堅決地否認這點，不過她和死者的關係似乎不太尋常，受了不小打擊，兩人搞不好是男女朋友。」

「她現在人呢？」

「在對面的房間休息。剛才我看了一下，情緒好像平靜不少。她說為了早日逮捕兇手，一定會盡全力協助。其實只要能做到知無不言就行了。」

火村從口袋掏出數位相機，似乎是要讓我看命案現場的照片。

「照得不是很好，不過大概就是這樣。死者個子不高，但挺壯碩的，力氣似乎不小。」

當我看著這幾張後腦受重創的死者照片時，突然有種奇怪的感覺，並非被其悽慘的死狀嚇到，而是對死者有種熟悉感，但又說不上是哪裡熟悉。

「還穿得西裝畢挺的，似乎比平常慎重。據秘書所言，死者預定星期五晚上外出，所以應該是在下班前換好衣服，不過不清楚死者到底工作到幾點。」

看著一張張的照片，想像死者生前的容貌，總覺得好像在哪見過他。

「村越啓」這個名字似乎在哪裡聽過。以前曾經認識幾個姓村越的人，莫非他是其中一個？

「怎麼了？有栖？」可能察覺到我突然沉默不語，火村看著我說。

「有村越生前的照片嗎？」

副教授將倒在桌上的相框遞給我。那是張以環球影城大門爲背景，一對男女微笑合照的照片。

「與他合照的人就是秘書安田和歌奈。」

這種事不重要。

我的視線直盯著男人那張輪廓深邃的臉。

「……我認識他。」

3

「是什麼樣的朋友？」火村露出有點驚訝的表情，從桌邊直起身。

我仍盯著照片，沒有立刻回答。

「眞田山高中的同學，沒有很熟就是了……」

「高中同學。」火村跟著唸了一次。「這一點很重要。事實上，依安田和歌奈所言，死者星期五晚上就是要去參加高中同學會，你知道這件事嗎？」

我根本沒收到任何同學會通知單。

「我和他只有在二年級同班過，而且大概有一年還是三年沒開過同學會了。」

「關於同學會這件事還沒問清楚。」火村以手撫額，「沒想到你居然認識死者——他是個什麼樣的人？」

「剛才我也說過，我和他不是很熟，只是同班同學……用一句話形容，就是資優生吧！他當時的英文成績很好，高一就已經通過英文一級檢定，中文應該是在畢業後才學的。」

從這張照片中還看得出村越十幾歲的樣子，雙瞳深埋在有點凹陷的眼窩中，散發懾人光芒，嘴角卻帶著羞赧的笑容。這種不太協調的表情，一看就令人覺得他頗爲神經質，耳際頭髮有點小鬈的髮型也與以前一樣。

「他有語言天分這點已經知道了，那個性呢？既然你是小說家，應該更能具體地形容吧？」

那已經是十七年前——剛好是目前人生的一半——的同班同學，很難流利地形容。

「不只成績優秀，對任何事都很積極，但是人際關係不怎麼樣。」

「很強勢嗎？」

「嗯，算是吧！就是那種自視甚高，看不起他人的傲脾氣。坦白說，我對這種人很沒輒，不，大部分的人應該都不喜歡這種人吧！與班上同學沒什麼互動就是了。」

「是所謂的獨行俠嗎？」

腦海中漸漸浮現村越那時一會兒笑、一會兒生氣的臉，他不只表情豐富，連行爲舉止都像經過考量，非常具有戲劇效果，我有時會抱著看一位演員的心態觀察他。

「他才不管別人說他孤僻還什麼的，反而很樂在其中。現在想起來，他們那群人還滿妙的。」

一張張臉依次浮現。「他們那一群五、六個同年級的優等生組了一個叫作『現在社會研究會』還是『社會問題研究會』之類的排他性社團，村越只和這些社團朋友混在一起。那只是一個爲了得到經費而設立的沙龍式社團，像我們這種平民百姓都戲稱那是『優等生俱樂部』或『貴公子集團』。」

莫非——

「星期五晚上的同學會是指這個社團聚會？有找到通知函之類的嗎？」

「連封信和電子郵件都沒有。如果只是五、六個人的聚會，用手機聯絡就可以了吧！——喂、怎麼啦？你沒事吧？怎麼一副失神樣？」

如果以爲我是因爲看到老朋友的死而驚愕失神，那可眞是個天大的誤會，因爲我和村越根本就不熟。

我的心思之所以飄向遠方是因爲剛才的夢。夢境中，十七歲時的片斷回憶有如惡作劇似地紛至沓來，彷彿預知醒來數小時後會面對村越啓的死亡，雖然稱不上神秘體驗，我仍覺得有些奇妙。

「他是個很容易樹敵的人嗎？」

想事情想得出神的我，遲了點回答。

「啊……這個啊！學生時代倒還不至於，只是比較獨來獨往，個性比較冷淡。」

「但是，他不是有些同是優等生的朋友嗎？他們的感情好嗎？」

「不曉得，畢竟他們是『貴公子集團』嘛！」

「畢業後有聽過什麼消息嗎？」火村問。

「我記得他考上東京的大學，後來就沒再聽說過他的事了。」

「想必進了名校吧？」

「『貴公子集團』的成員都考上一流名校，可是……」

死者爲大，我實在不好明講。雖然不曉得村越啓的事業做得如何，但是窩在這樣的辦公室裡，只請了一位兼打雜的秘書，實在不像他會有的作風。都這種年紀了，二十多歲的助跑期也已結束，優秀的人應該都正處於事業的巔峰期才是。

「優等生社團的成員都是男的嗎？」

「嗯，都是些有怪癖，眼睛長在頭頂的男人，我還知道其中兩個人的近況。」

其中一位名叫神坂映一，高一和他同班過。是當前數一數二的建築師，我從雜誌得知他設計的Designers Cafe在大阪和東京均博得好評。

另一位姓倉木，名字忘了。我曾在電視上看過有關他的介紹，他現任學研都市（註：日本關西專爲學術與文化研究而成立的特區，區內有多間研究所與文化機構）某間研究所的副教授，以研究最先進的奈米科技而備受矚目。

「原來如此，這兩人都各自活躍於不同領域。這些男人湊在一起，肯定都在自吹自擂吧！」

雖然有點諷刺，不過火村說的應該是事實。那些目中無人的傢伙聚在一起，肯定是猛比誰的成就比較高。

我再次看向村越的陳屍處。如果他的魂魄還停留在這房內，他看到我會怎麼打招呼呢？

——唷，好久不見啦！

——你來這裡幹嘛？給我滾！

——居然慘死別人手下，眞的很窩囊。

——請問，你是誰啊？

只要我報出姓名，對方應該立刻就能想起來了吧？我是個很容易讓同學記住的人，並不是因爲特別突出，只因爲「有栖川有栖」這個奇怪的名字。

船曳警部開門走了進來。「終於和出席同學會的人聯絡上了。我們根據死者手機的通話紀錄比對了高中畢業紀念冊，其中有一位叫三隅和樹的男人——」

「哦，三隅啊！」我很自然地脫口而出。

警部隨即轉頭看著我說：「你認識他嗎？」

「死者村越啓是他的高中同學。」

火村插嘴說明，警部的眼睛爲之一亮。

「不過沒有很熟就是了。」我趕緊補充說明。

「居然有這種事，眞是太巧了！那麼，有栖川先生也認識三隅和樹囉？」

「只知道名字和長相，我記得他和村越同社團，所謂的同學會，應該是那個社團的聚會吧？」

「沒錯，好像是個叫『社會思想研究會』的社團，成員只有六人，都是男性，大家各自活躍於不同領域，但是每兩年會定期聚會一次。」

「那三隅他們呢？」

警部面向發問的火村，回道：「他們昨晚約在六甲山的某個俱樂部聚餐閒聊，今天早上去打高爾夫球。因爲打了好幾回合，根本沒看到村越啓遇害的新聞，接到警方的電話後大爲吃驚，說會立刻趕過來，大概一個小時後就會到了！總之，我先請他們過來這裡——希望他們多少知道一些死者的近況，若只是說些過往回憶也沒多大幫助。」

「研究會的成員有誰？」他們都是校內名人，我只要聽名字應該能想得起全部的人。

警部唸出寫在筆記本上的名字：「第一個人是三隅和樹，再來是倉木龍記、神坂映一和野毛耕司，出席的是這四位，死者村越啓當然沒有出席，另外一位叫高山不二雄的成員也缺席。」

三隅和樹、倉木龍記、神坂映一、野毛耕司、高山不二雄——每個都是記憶深處的名字。時針開始快速逆轉，將我拉回過往。

「有沒有你比較熟的人？」犯罪學家看著筆記本上的五個名字，問道。

「我和神坂高一同班，和野毛則是高三同班，但都跟他們不太熟，畢業後也沒聯絡，不曉得他們在幹什麼。」

「野毛耕司這名字好像在哪聽過……」

一聽火村這麼說，警部也附和道「我也這麼覺得」。爲什麼他們會對野毛有印象呢？眞是不可思議。過了一會兒，副教授終於找出答案。

「我想起來了，他是參議院議員梅澤佐一郎的秘書。梅澤爲經濟產業省副大臣（註：相當於經濟部副部長），因爲非法收受某運輸機器製造商提供的政治獻金，已是一個失勢的政客，野毛就是梅澤的秘書──有栖，你有好好看新聞嗎？」

「你這話太失禮了吧！」

大約一年前，梅澤佐一郎非法收受獻金一事遭週刊雜誌揭露後，他雖然極力辯稱「那筆錢是秘書在我不知情的狀況下收的」，卻終究不敵嚴厲的輿論與在野黨的撻伐，黯然下台。

「等等，那時梅澤的秘書就是野毛嗎？」

「應該是這個名字沒錯。」

警部點頭附和火村。「沒錯，那位秘書是姓野毛。梅澤後來被自己人出賣，有人將相關文件送給在野黨議員與媒體，讓他再也無從狡賴，經過三個月的調查，終於逮捕梅澤──」

雖然聽起來很像藉口，不過這起醜聞爆發當時，我正全力趕一篇長篇作品，因此對什麼政界醜聞完全充耳不聞。如果有稍微留意一下，搞不好會在電視上看到野毛。

「有可能是同名同姓的人嗎？」

「不，應該是他沒錯。」

因爲野毛曾公開說過將來想當公務員或政治家來推動日本的政治，所以才會刻意去當政治人物的秘書吧！他是個能言善道又有行動力的野心家，但是卻也意外地很喜歡羅卡的詩集（註：Federico Garcia Lorca，一八九八到一九三六年，西班牙劇作家兼詩人，其詩作充滿哲思、象徵意義與激烈情感）。

「你很快就能看到一些熟面孔了，這也算是個小型同學會吧！」火村盯著手錶，「我們先去和發現屍體的人聊聊吧！」

犯罪學家脫掉手套，將指關節扳弄得咯咯作響，彷彿準備開始一場格鬥。

4

安田和歌奈就坐在命案現場對面房間的沙發上。這裡原該是會客室，現在卻是個桌子積了一層灰，窗外只能見到隔壁大樓灰牆的簡陋房間。

「雖然有點繁瑣，但還是得麻煩妳配合。」警部介紹過我們後，誠懇地說。

「好的。」死者的秘書清楚回應。

她就是與村越啓合照的女人。一頭及肩長髮紮起，露出飽滿的額頭。雙眼細長，彷彿好萊塢電影中常出現的神秘東方美女。雖然眼底泛愁，臉上倒沒什麼淚痕，感覺得出她既不悲戚也不憤怒，只是有種深沉的無助。一身夏季黃色薄衫搭配白色棉褲，可能因爲一個人在週末加班，所以穿得十分休閒。

「這很不好受，但還是得麻煩妳了。」火村很乾脆地說。「說來還眞巧，這位有栖川先生與死去的村越先生正好是高中同學。」

「是嗎？」秘書看向我，「是社長的好朋友嗎？」

應該是要問我是不是「社會思想研究會」的一員吧？

「不是，我只是和他同班過，他是個非常優秀的人。」

「他自己也是這麼認爲。他好像有不少有頭有臉的朋友，爲了不輸給他們而拚命努力。」

火村將捲起的夾克袖子拉下，開始詢問：「妳是從什麼時候開始擔任村越先生的秘書？」

「去年十一月開始。我是看了求才雜誌來應徵。」

「工作內容呢？」

「職銜是秘書，不過因爲沒有什麼相關經驗，因此比較像是一手包辦所有雜事的社長助理。」

她接著列舉幾項工作內容，譬如接聽電話、整理傳票、安排社長出差事宜等，也幫忙管理村越大樓的部分事務。「誠如各位所見，這棟大樓有一半還是空屋，因此收入方面一直是赤字，不是什麼多龐大的業務。」

這是個就算擁有不動產，仍是十分辛苦的時代。

「他是一位充滿幹勁的上司嗎？」

「是的。雖然有時會因爲他太過投入工作而比較辛苦，不過他不會做什麼無理要求，對員工很好，待遇也不錯。他是個很聰明的人，我很尊敬他。」

「雖然叫管理顧問公司，但是具體的業務內容是什麼呢？他好像很常去中國。」

「這個……我不太清楚眞正的管理顧問公司在做些什麼，不過，社長的工作與其說是擔任企業的經營顧問，不如說是仲介中國公司與日本公司雙方的技術合作或合併。他最常出差到上海，與上海的家電或機械製造商接洽，根據他們的需求，找尋合適的優良中小企業合作。」

「就是像那種零件製造商嗎？」

「是的，像是零件加工或金屬模具製造公司等。主要是以擁有純熟技術，卻因爲得不到銀行貸款而陷入周轉困難、後繼無著的公司爲主。說得明白點，就是仲介中國企業收購日本中小企業，當然，這對日本公司而言，反倒有好處。一旦他們的設備轉移至中國生產，除了能減少人事支出外，還可以將產品輸入日本，免於破產危機。」

原來村越是從事將日本企業賣給中國的M&A仲介業務啊（註：企業購併 Merger & Acquisiton 的簡稱）！這工作倒是挺符合目前經濟不景氣的年代，雖然得具備資訊蒐集力、協商能力與語言能力，但也不是個需要多大規模的公司才能進行的工作，可以想像昔日強勢的他如今抑鬱度日的模樣。

「工作方面有沒有與誰發生什麼不愉快？」

「沒有。」她明白地回答。「如果認爲那些委託人會覺得自己的公司竟然被中國人買走而心懷怨恨，那就大錯特錯了。社長絕不是會以暴力手法談生意的人，也從未因酬勞問題產生糾紛，他的業務一直都很順利。」

正因爲她回答得有條不紊，讓人更覺得她不像只是個處理雜事的助理。也許對村越而言，她是一位非常能幹的秘書。

「如果工作上沒什麼過節，那就很可能是私生活上的問題了。」火村平靜地說。「如妳所見，現場並沒有歹徒闖入的痕跡，因此推測行兇動機是仇殺。妳對這一點有沒有什麼線索？」

「沒有。」

「雖然如此，也不能完全排除沒有招人怨恨的可能。冒昧請問，關於死者的私生活，妳瞭解多少？」

火村企圖深入調查她與村越的關係，大概是想弄清楚擺在桌上的合照究竟只是社長對屬下的信任與照顧，還是親密的男女關係。

「太過深入的事情我不是很清楚，不過社長什麼事都會對我說。」

「可是他卻從未向妳提及自己遭人怨恨一事？」

她一時詞窮，稍後才接道：「……總之，公司並沒有接到什麼可疑電話，也看不出社長因爲害怕而戒慎恐懼的樣子，我知道的就只有這些了。」

「妳最後一次看到他是星期四是吧？那時他是否神情有異——」

「完全沒有。」

「非常謝謝妳的協助。請容我失禮地再問一件事，妳和村越先生已有超越上司與下屬的關係了嗎？」

安田和歌奈縮了縮下顎。「是、是的。」

一旁靜靜聽著的船曳警部說了句「果然沒錯」，輕輕頷首。

「是那種一起吃飯、假日同遊環球影城之類的關係？還是……」

「還要再深入一點，雖然是最近才剛開始的事……」

「已經論及將來了嗎？」

「沒有，還沒到那個程度。」

已經可以大致想像了，火村也就不再追問下去。如果是我，這時還會想安慰她兩句，不過他是不可能做這種麻煩事的。

「那麼，請妳說明一下發現屍體的經過。妳說因爲昨天請假，所以打算利用今天加班，抵達公司時是八點十五分嗎？」

「是的。」

「妳平常都是這個時間上班嗎？」

「比平常再早一點。因爲我想趕快做完，預計下午三點左右離開。因爲是週末，打算去逛個街……」

結果好端端的計畫給硬生生地粉碎。

「妳有公司鑰匙吧？進公司時，門是鎖上的嗎？」

「不是，所以當時有種不好的預感。心想是不是遭小偷了，一開門卻看見社長倒在地上……我摸了他的身體，發現他已經全身冰冷，所以就直接報警，待在走廊等警察過來。之後的事，警方應該都很清楚。」

「有移動過現場的東西嗎？」

「我只摸過社長的手和臉，沒有動過他的身體，而且是用自己的手機報警。」

「嗯。警方進行現場搜證時，妳應該也有看過辦公室的情況，有發現什麼不對勁的地方嗎？」

她首次蹙眉，可能拚命忍住不舒服的感覺吧！

「桌上很凌亂，相框倒了，檔案夾也散得亂七八糟，聽刑警說，大概是因爲社長與兇手在扭打過程中撞到桌子。」

「不用理會警方說過什麼。」警部插嘴。「只要說出妳親眼見到的情形就可以了。」

「好的。我剛才也說了，我雖然有檢查抽屜裡面，不過並沒有發現任何可疑之處，奇怪的是放在置物櫃裡的吸塵器，似乎有誰動過了。因爲平時只有我在用，所以一看就知道收納方法不對。」

我趕到現場時，火村和警部正在談論吸塵器的事，這點似乎滿重要的。

「妳最後一次用吸塵器是什麼時候？」

「星期四下午，我有稍微清理地板。用完吸塵器後，我習慣將蛇管靠右邊的牆收好，但是剛才看到的卻不是這樣。雖然蛇管有可能會倒下來，可是連電線都沒收好就一定有問題，因爲我都會將電線完全收好，不然就覺得渾身不對勁。」

「也就是說，在妳之後還有其他人用過吸塵器了？」

「是的。可能社長在星期五的時候有用過吧？——難道不是嗎？」她對警部微妙的表情變化十分敏感。

「我什麼都還沒說喔！經過調查，那台吸塵器的把手有擦拭過的痕跡，上面完全沒有妳或村越先生的指紋，我想妳應該不可能用完後還特意擦拭把手吧？這麼推敲的話，兇手應該有用過那台吸塵器。」

「爲什麼兇手要打掃房間呢？」

「這個嘛，我想搞不好有什麼對兇手不利的東西掉在地上，或灑得到處都是，剛好置物櫃的門一打開就能看到吸塵器，所以兇手才會用它來湮滅證據。」

原來如此，難怪警方要調查吸塵器裡的垃圾。不，這應該只是一般的搜查程序，只是因爲她的證詞，所以那些垃圾才會成爲焦點。

火村繼續詢問。「桌子右前方的桌腳附近有一些會發光的細碎粉末。雖然還沒分析出是什麼東西，不過應該是玻璃碎片。因爲玻璃的沾附性極高，很難全部清乾淨，況且又是掉在地毯上……這個房裡有沒有什麼東西破掉呢？」

「就像我剛才說的，東西只有稍微移動過，並沒有壞掉或碎掉——難不成兇手是爲了清理玻璃碎片才用吸塵器嗎？不過，這種事，警方只要調查吸塵器裡的垃圾不就能知道了。」

「玻璃碎片很小，幾乎成了粉末，很可能被吸塵器一吸就再也找不到，而且也還不曉得是否能在垃圾中發現——妳說過桌上東西很亂，有沒有發現膠台有什麼不對勁？」

女秘書一臉訝異。

「其實膠台上的指紋也被擦掉了，也許兇手想用膠帶沾黏地上的玻璃碎片，這動作別具重大意義，不是嗎？我們可以想像兇手當時有多焦急，因爲長毛地毯處理起來非常困難，就算用膠帶沾黏或用吸塵器吸取，也無法將絨毛間的玻璃碎屑完全清乾淨。」火村用食指撫著自己的手錶錶面說。

安田和歌奈微微前傾。「一旦分析出是什麼，搜查就會有所進展嗎？」

火村並未正面回應。「可以這樣就好了。我還有件事想請教，會客處的一張沙發有移動過的痕跡。地毯上有那張沙發拖曳到對面牆壁又再拖回原位的痕跡，看起來不像是村越先生和兇手在扭打間碰撞到。關於此點，妳有什麼看法嗎？」

「啊！那個和這件事應該沒有關係，因爲那是社長自己搬的。」

「爲了什麼？」

「因爲他拿不到放在櫃子上面的紙箱，所以搬沙發來墊腳。」

「只是這樣嗎？」火村一副瞭然於心的樣子，改問別的問題。「現場蒐證時妳也在場，卻沒多察看村越先生的屍體，是因爲一看就知道是他本人，所以沒要求警方多加確認嗎？」

「……是。」

「妳說發現死者時有碰過他的手，是哪一隻手呢？」

「左手。」

「妳有發現村越左手手腕上沒有戴錶，右手也沒有嗎？」

她搖搖頭，大概是沒心思去注意這種事吧！

「他沒有帶錶的習慣嗎？」

「不，沒這回事。他是個很講求效率的人，總是頻頻看錶。」

「那麼，爲什麼屍體身上沒有錶呢？」

她答不出來。

我揣想那時的情景：會不會是死者在與兇手扭打時，手錶的玻璃錶面被撞破了，所以玻璃碎屑才會散落在地毯上？而死者身上的手錶可能就是被兇手拿走的。

但是爲什麼兇手要帶走死者的手錶呢？是盜竊殺人嗎——不太像啊！畢竟摔壞的錶就與廢鐵沒兩樣呀！

「村越先生是戴哪一種手錶呢？」

「滿高級的，我記得……是寶格麗（BVLGARI）的吧！義大利高級手錶。」

警部一聽，立刻起身默默走出去。火村無視他的舉動，繼續問：「死者在星期四還戴著吧？」

「當然，請問……玻璃碎片該不會就是手錶的……」她也注意到了。

「也許吧。」

「……難不成村越先生就因爲那只手錶被殺？怎麼會！就算那是一只再怎麼名貴的手錶——他曾笑著說過，這只錶只有訂做一套西裝的價值——我想大概只有二、三十萬日圓。」

即使如此，也是我最好的一只手錶的五、六倍價錢。

警部啪嗒啪嗒地走回來，戴著手套的手中拿了一只手錶，遞到安田面前。

那是一只錶盤只有數字12和6，造型簡單又時髦的手錶。錶緣——也被稱爲bezel——刻有大大的BVLGARI。寶格麗雖是義大利知名珠寶品牌，錶盤上卻印著SWISS MADE（註：一只錶的機芯若是由瑞士廠開發、組合、調整與技術管制，則可稱爲SWISS MADE，亦即瑞士製錶）。

「請仔細看一下，村越先生戴的是這只錶嗎？」

她毫不遲疑地回答「是的」，那麼，散落在地毯上的就不是死者手錶上的玻璃囉？

「就是這只手錶，不會錯的——在哪兒找到的？」

「村越先生的臥房，就放在床邊的桌上。明明不是要上床就寢，爲何會脫下手錶呢？」

「這個嘛……」就算問我，我也不知道呀！我轉而問警部，「安田小姐沒有看過村越先生的房間嗎？」

「沒有，她說她沒進去過村越先生的房間。」

所以就算要檢查有無異狀也看不出個所以然吧！

「村越先生很好面子，絕不讓我進他的房間，他曾說：『被女人看到自己不修邊幅的一面是很丟臉的事。』」

本來都是稱呼社長，從剛才開始就改口爲村越先生了。

「啊！」她突然掩住嘴。我心想，她是不是發現自己說溜了什麼，她卻說只是想起一些小事。

警部攤手說：「不論多小的事都可以，想到什麼儘管說。」

「我只是想起星期三與村越先生一起……吃飯時聊的話。我說我現在還會與高中朋友通電話訴苦，可是他說他朋友找他都是有目的的。」

「朋友是指誰？」火村問。

「我沒問。只是講到週末的同學會，所以就很自然地聊到學生時代的朋友之類的話題。啊、對了。我對他說，高中時代的朋友還會定期聚會，感情眞好，他則笑笑地說，他們並不是那種刎頸之交的關係。」

「我聽說同學會的某位成員有事要找他商談。」

一聽我這麼說，她的態度變得很愼重。

「我也不太清楚。他曾說過『既是朋友也是敵人』這句話，而且也沒有具體地說明談話內容，所以我也不清楚他說這句話時有多認眞。」

「是這樣嗎？」警部輕嘆了口氣，又說，「床邊桌上還擺著他與妳的合照哦。」

警部並非刻意這麼說，只是時機不對，她突然捂住口，嗚咽起來。

5

警部看安田和歌奈顯然承受不住精神壓力，便勸她回家休息。原以爲她一個人住，聽到是和雙親與弟弟同住便安心多了。

淚眼婆娑的她離開村越大樓五分鐘後，優等生俱樂部的成員便接著抵達，似乎是搭計程車從六甲山趕來。

「有栖川！」雙方一在走廊打到照面，穿著粉紅 polo 衫的神坂映一便大叫著，聲音大到令我覺得很丟臉。他應該是不懂我爲什麼會出現在這裡吧！

「唉呀！唉呀！別突然嚇人嘛！你怎麼會出現在這裡啊？」

說話還是一樣快得像連珠砲似的。雖然已經在雜誌上看過他的照片，不過他本人看來仍與以前差不多，戴著一副金屬框大眼鏡，鏡片下有著長睫毛的眼睛啪嗒啪嗒地眨個不停，還看得到自戀的白皙美男子之影子，改變的大概只有染成栗子色的波浪般鬈髮吧！

「哦哦！是有栖川有栖啊！我還記得呢！」

從神坂肩膀後探頭而出的是倉木龍記。我也還清楚記得他那眼睛、鼻子、嘴巴都比常人大一點三倍、五官分明的臉，還有那雙如棒球手套般的大手。這樣的他居然成了專門研究十億分之一公尺——也就是一毫米的百萬分之一——的奈米科技研究員，眞是叫人匪夷所思。

「你是倉木吧！我曾在電視上看過你。我們唸書時明明沒什麼往來，沒想到你還記得我。」

「因爲你成了小說家啊！」三隅和樹俏皮地說。

三隅身爲優等生俱樂部的一員，同時也是劍道社的副主將，是個能文能武的男人。果然沒變，他的臉上還是留有坑坑疤疤的青春痘凹洞。身形原本就很修長的他，畢業後可能又長高了，正以一百八十五公分的身高俯視著我。

「有栖川有栖是個很特別的名字，畢業後好一陣子都還記得。對了，你不是成了小說家嗎？雖然沒機會和你碰面，不過我常會在書店看到你的書，會記得是當然的囉！」

果然是拜名字之賜。我的名字在校內十分出名，當然不是因爲像他們那麼優秀，只是因爲國中學長的一句惡作劇——這次會有一個叫有栖川有栖的美少女新生哦！——害我一上高中便成了大家茶餘飯後的話題。

「這要感謝你父母啊！如果是很普通的名字，就算成了小說家，如果沒有得直木賞或諾貝爾文學獎之類的，以前的同學還不見得想得起來呢！我是說眞的。」神坂說。

「我還聽誰說過『我在書店看到那個假冒美少女的有栖川有栖的書，他成了推理作家呢』。」倉木一臉認眞地道。

我明明就是惡作劇的受害者，還被說成假冒美少女，眞是太過分了。

「對了，村越被殺是怎麼回事？會不會搞錯人了？」三隅雙手抱胸問。

「不會錯的。我和他同班過，知道時也嚇了一跳。由死亡時間和服裝推定是出門趕赴同學會之前遇害，所以警察有些事想問你們。」

「我們要是知道什麼都會說……啊！對了，你怎麼會在這裡？」神坂說話迅速得像快咬到舌頭似地。「說明一下吧！眞是令人一頭霧水。不會是剛好到命案現場取材吧？推理作家好像都會這麼說——」

「夠了，我會說明的。我不是爲了小說取材而來的。」

我先向他們介紹一直在旁邊靜靜聽他們說話的火村英生，說明我們是來協助警方辦案，三人一臉驚訝，卻仍能理解。果然，對腦袋靈光的他們解釋起來不費吹灰之力。

船曳警部邊咳邊從火村身後探出。我若連他也一併介紹就太逾矩了。

「我是負責偵辦此案的船曳。因爲各位和村越先生是舊識，這個週末又約了碰面，所以想請教各位一些事。」

「我們會盡力配合。」倉木答道，「不過……村越的遺體呢？方便的話，我們想看一下。」

「很抱歉，因爲遺體必須進行解剖，現在已送往阪大醫院，等一下可以安排各位前往太平間弔唁。」

三人悄聲不曉得在討論什麼，好像是因爲村越沒有親人，有點擔心喪禮要如何安排。

「參加同學會的成員都到齊了嗎？聽說有四位出席。」

「到今天早上爲止確實是四個人。」神坂立即回答，「野毛，就是野毛耕司，他因爲不想打高爾夫球，用完早餐就回去了。我們有試著聯絡他，可是他好像沒帶手機，根本聯絡不到人。我想，他看到新聞可能會自己打電話過來吧！」

三隅拿出手機，喃喃自語：「還沒打來啊。」

「我懂了。別站在這裡談話，請往這邊走。」

警官將他們帶往之前聽取安田和歌奈說明事情經過的房間，吩咐森下刑警從別的房間搬幾張椅子過來。

全員甫坐定，就先交換名片，他們的頭銜依序是：

倉木龍記——京阪奈大學．極微科學技術研究中心．副教授．工學博士

神坂映一——神坂建築設計公司代表（店面設計．空間設計）

三隅和樹——東亞綜合研究所．開發策略事業部．主任研究員

原來能文能武的三隅現在是知名民間智庫公司的研究員啊！每人都有亮眼的經歷，擅於社交的他們一見到我的名片，就盡說些「頭銜是小說家呀」、「眞是令人憧憬」之類的奉承話。而且對火村名片上印著「英都大學社會學系．副教授．犯罪學」的頭銜似乎十分感興趣。

「村越是什麼時候、怎麼被殺死的呢？」倉木的大手像蒼蠅似地摩擦著問道。

警部懇切地回答他的問題，三人沒再多問什麼，只是表情沉痛地聽著。

「因此，警方十分關心村越先生在昨日傍晚以後的行動。各位是何時、約在何處會合呢？」

果然是由倉木代表回答，其嚴肅沉穩的口氣與神坂呈明顯對比。「大家都很忙，所以我們沒有約時間，直接約在一家叫『Comfort 六甲』的俱樂部碰面。」

那是一間知名銀行旗下飯店的附屬設施，是靠三隅的關係才能預約。靠關係這種事眞的要看人啊！

「村越先生說要出席卻遲遲未到，你們不覺得奇怪嗎？」

「當然會，所以我們打過幾次電話，但都沒人接。他應該不會忘記，可能是突然有急事，又因爲他說自己會開車過來，我們都擔心他會不會在路上出了什麼意外……沒想到居然發生這種事。」

「你們難道沒約定大概要幾點到嗎？」

三隅舉起手說：「今年『reunion』（聚會）的時間是由我負責聯絡，我在星期一有接到他的電話，他說自己大概得工作到六、七點，最晚八點應該會到，所以要我們別吃得太快。」

村越的死亡時間推定爲下午四點到八點，果然是在出門前遇害。

「除了三隅先生，還有誰與村越先生聯絡過嗎？——沒有嗎？那麼，三隅先生，請問你與村越先生通電話時是否有發現什麼不對勁呢？」

「初聞噩耗時，我也試著回想過，不過沒有什麼不尋常之處。我說我準備了份量十足的頂級神戶牛肉，他還開玩笑地說：『好！就拿你的名譽來賭，一定要讓我嚐到美味極品喔！』」

「是嗎？那麼各位是何時抵達目的地呢？」

「三隅比我早一點。」倉木指著自己與其他人，「我是六點到，三隅大概五點五十分左右，神坂則是八點多到。」

「那野毛先生呢？」

「他是坐巴士來的……大概七點多吧！」

大家是在六點前到八點之間陸續抵達。

「你們的同學會——是叫作『reunion』吧？——好像是兩年舉辦一次。你們都做些什麼呢？」

「因爲很久不見，主要是敘敘舊，然後大啖美食、暢飲美酒、聊到深夜。雖然固定每年聚會一次也可以，不過兩年聚會一次，彼此互聊近況時會更有趣。因爲三隅要從東京過來，另一位成員高山以前也是住在東京，所以時間才會選擇週末，順便住個一晚或兩晚，地點則由大家輪流決定。」

「這次是預定住一晚嗎？」

「兩晚。星期五晚上會合，因爲不想隔天中午過後就散會，所以決定今天早上去打高爾夫，下午到附近散散步，然後再住一晚，星期天下午解散。」

「你們的感情還眞好。」

「因爲凝聚力很強吧！隨著年齡增長，益發覺得學生時代的朋友值得珍惜。」

「原來如此。尤其對活躍在各界的各位而言，能參加同學會一定很快樂。」

可能覺得警部的話有些諷刺，倉木輕哼，笑說：「一般人也許會這麼覺得，不過才過了三十四個年頭，要論成敗還早了點，人生可是起伏不定。」

「雖然在不同的領域發展，但我們彼此仍是對手。藉由兩年一次的聚會，報告自己的近況以互相惕勵。」三隅說。

神坂補充說明：「我們不僅享受友情也交換情報，暢談學生時代的失敗，不知不覺間也感嘆起目前的政治與經濟。」

從他們激越的語調能想見他們的充實人生，和我這個平凡迂腐的小說家簡直大相逕庭。

「野毛耕司這個名字似乎有點耳熟……」警部一副欲言又止貌，「是前經濟產業省副大臣的秘書嗎？」

「是的，就是他。」倉木頷首。「他曾是梅澤佐一郎的秘書，險些被人擺了一道，幸好他本人很潔身自愛。他一心想從政，卻被梅澤的罪行牽連而對政治心灰意冷，目前回到大阪療傷中。」

「那他現在在做什麼呢？」

「待業中。他因爲這件事而毀了累積多年的成就與人脈，他說想東山再起，打算在大學學長開設、與生化有關的研發技術公司幫忙。」

「用幫忙這字眼有點奇怪吧？」三隅反駁。「雖然是他本人慣用的含糊說法，不過他應該是爲了籌措資金才出席的。看起來不像是說著玩的。」

「是啊！因爲工作的關係，我曾聽過他那位學長在ＹＺ證券公司任職時的傳聞，他並不是個值得信任的人。野毛會被人家隨便說說就一頭栽進去，看來是受梅澤那件事影響頗深，已經不復已往了。」

看樣子，野毛找優等生俱樂部商談融資一事已遭老友們一口拒絕。很明顯地，三人都對野毛的自暴自棄頗有微詞。在他們眼中，他也許只是個爲了尋求金援，最後才決定赴約的可憐蟲。雖說是交情頗好的兄弟會，卻也是一群嚴苛的傢伙。看來野毛今天之所以不想打高爾夫，八成是爲了這件事，不曉得他是抱著什麼樣的心情離開。

「雖然在對方有難時出手相救才是眞正的朋友，不過也正因爲是朋友，我們才會對執迷不悟的他提出忠告。」倉木說。

這純粹只是藉口？還是正確的判斷呢？我不清楚詳情，實在無法評斷什麼。

「先不談野毛先生的事，可以請你們說說村越先生的近況嗎？公私都可以。」

三人異口同聲地說，因爲兩年沒見，所以不太清楚。神坂的公司雖然就在大阪市內，但平常都沒什麼聯絡。最後，星期一打電話給村越的召集人三隅，說明了當時與村越通電話的感覺。

「他的工作是將擁有優秀技術的中小企業引介給中國資方，並抽取五成的手續費，這實在不太像胸懷大志的他會做的工作。村越的父親是資產家，也是我們當中家境最富裕的。」

村越大學畢業後到史丹佛大學留學，取得了ＭＢＡ資格。本來一直都很順利，回國後與父親協同中國企業一齊開發不動產事業卻慘遭失敗。

「泡沫經濟的崩潰使地價暴跌，擁有不動產反而不是什麼好事，村越扛了父親欠的一屁股債，最後只剩下這棟大樓，而且還有一大半租不出去。」

「這棟大樓不但地點不好，又很老舊，而且周圍又被新穎的大樓包圍。」

「自從平成九年的金融不安以來，大阪出租辦公大樓的空屋率便節節上升，去年已超過百分之十八，不過沒有京都和神戶慘就是了。租金也大幅下滑，平均一坪整整短少了一萬日圓。大阪的企業體因自身的機能考量而遷至東京的狀況一直很嚴重，再加上外資不願進入，與擔心供給過多的東京完全不一樣。」

「都市設計方面也有問題。以大阪來說，雖然因爲辦公大樓的不景氣而拚命促進市內優良社區住宅的建設，可是——」

倉木趕緊制止三隅與神坂的離題發言。他們昨晚八成也是這樣邊喝酒邊熱烈地討論吧！

「這種事請你們私下再討論。」警部導回正題。「關於村越先生遇害的理由，你們有沒有什麼想法？」

「這種事就算問我們也沒用吧！」三隅聳聳肩。

「他在工作方面會不會遇上什麼麻煩？就算他是出自善意，也有可能招來意料外的怨恨，或者是他的女性關係？」

「我們眞的不清楚。」倉木冷冷地說。

「村越先生曾說過高中時代的朋友有事找他商量，關於這一點，不曉得你們有什麼想法？」

優等生們互望一眼，一副不明所以的表情。

「『有事找他商量』這句話很曖昧呀！」倉木喃喃自語。「是指野毛請求金援一事嗎？」

「嗯……誰知道呢！兩年前他看起來有些焦慮，還說只要有充足資金就能做有趣的工作。」神坂說。

三隅沉默。

他們應該沒說謊吧？我雖然試著揣測他們的想法，不過他們可沒幼稚到一下就被看穿。

「火村先生有沒有什麼問題呢？」

警部移交發問權，犯罪學家問了一個出乎我意料的問題。

「各位都有一只同款式的手錶吧？」

我眞是太疏忽了，現在才注意到他們的手腕，警部也一樣。

三人都帶了一只錶盤中央鑲著一顆紅寶石，並以黑色皮革爲錶帶的手錶，很明顯是與我的手腕無緣的東西。

「啊！」倉木敲敲玻璃錶面。「你是指這個嗎？只是一時興起啦！六年前大家一起買的，是瑞士的伯特萊。」

「可以看一下嗎？」

倉木將手錶脫下遞給火村。紅寶石周圍有特別的綴飾，數字12的地方還有個註冊商標「P」。明明沒有拜託他，喜歡手錶的神坂卻自動自發地解說起來。

「正中央的這個稱爲擺鎚（rotor），它會以迴轉的方式上緊發條，原本裝在背面錶殼的側邊，不過就像你看到的，它現在成爲錶盤的一個裝飾，這是稱爲雙擺鎚的劃時代設計。請翻過來看一下，背面錶殼還設計成透明款式，能將機械的運作一覽無遺。我老是喜歡拿給身邊的人看，也因此常被公司的同事笑。我喜歡手錶並不是喜歡那種時髦的設計，或裝飾了金子、寶石之類的華麗款式，純粹只是喜歡裡面的機械運作之美。」

火村將手錶反過來。果然，令機械迷愛不釋手的精密運作眞的看得一清二楚。

「就像古典樂的愛好者不用聽現場演奏或ＣＤ，光是看到樂譜就很感動的道理是一樣的吧！」

對於我這奇怪的譬喻，建築家點點頭。「嗯，沒錯。說這是一種單純喜歡觀看的興趣也不爲過。總之，手錶的精髓就在於它的機械裝置，順便告訴你，手錶的型式、編號通常稱爲 caliber，你身爲作家，多知道一些東西也不錯啦！」

這只手錶是由發明世界上第一只自動錶的設計師亞伯拉罕・路易斯・伯特萊（Abraham Louis Perrelet）所成立的伯特萊公司所製，是名爲「帝普洛斯」——意指「雙廊」——的系列商品之一。

「錶面是玻璃製的嗎？」火村想確認。

「是的，既非塑膠也非壓克力，而是藍寶石。附帶一提，因爲覆蓋錶盤的玻璃具有擋風作用，所以也稱爲擋風。」

「不小心碰撞到會破掉嗎？」

「如果是被堅硬的東西用力碰撞就會。」

「是人工藍寶石嗎？」

「嗯。藍寶石的硬度僅次於鑽石，不容易刮傷。雖然高級手錶都有擋風設計，不過畢竟還是玻璃，不小心還是會破的，反而是廉價手錶的塑膠擋風比較堅固，但卻很容易刮傷。」

「要是玻璃破了，可以只換擋風部分嗎？」

「當然可以，但是這是瑞士原廠製造，得花點時間。」

火村盡是問些玻璃的事，可能是懷疑散落在地毯上的玻璃碎片是屬於伯特萊的東西吧！因爲村越當時應該就是帶著這只手錶準備出席同學會。

「這款帝普洛斯是限定款嗎？」

「火村教授對這只手錶還眞有興趣——這並不是只有會員才能購買的稀有商品，日本應該有不少人佩戴才是。」

警部興趣盎然地盯著火村手掌上的精密機械。

「這只手錶眞不錯呢！叫人愈看愈想買，應該不便宜吧？」

我就知道會問這個問題。他們回答「三十萬左右」，這對他們而言是很平常的價格吧！反正動輒砸下三、五百萬收藏名錶的大有人在，這就是所謂成人的嗜好嗎？

「每次聚會時，大家都會戴著這只錶出席，它眞是一款迷人又耐看的手錶！每次我想轉換心情時就會戴上它，畢竟長時間擱著不用對手錶並不好。」

也許他一有時間就將手錶翻個面，滿足其觀看的興趣。

「倉木先生和三隅先生也很中意這只錶嗎？」

「是的。」他們異口同聲回答。

「還有其他人知道你們擁有一模一樣的錶嗎？」

「沒有，我不會向旁人吹噓這種事。」神坂說。其他兩人也附和他的說法。

「謝謝。」火村將手錶放回倉木的大掌中，「既然是一起買的，所以村越應該也有一只囉？」

「是的，野毛和高山也有，大家都很喜歡。」

「昨天野毛先生有戴手錶嗎？」

爲何這位犯罪學家老是問手錶的事呢？三人一臉狐疑。

倉木反問：「嗯，他有戴。——難不成手錶與這起命案有關嗎？」

「我沒這麼說。」

沒得到正面回答的優等生們也許覺得很無趣，不過並沒有明白表現出來。

「嗯……那麼，」警部用原子筆搔著頭說，「能請你們說一下昨天到六甲山集合前的行動嗎？因爲我們必須整理成調查報告。」

「說得明白點，就是要我們說明在下午四點到八點這段犯案時間內的行蹤吧？」脫口而出的倉木等不及警部的回答，立刻說道，「昨天雖然是星期五，但我並沒有到研究所去，而是在家裡寫論文。爲了方便直接出席『reunion』，我早上先寫了點東西，中午過後從京田邊市的家中出發，若直接前往六甲山，大概四點左右就會到了，不過我又繞去大阪市的書店，所以六點才到。我在五點半左右從

ＪＲ六甲道車站搭計程車過去，找一下當時載我的司機就能證明了，不過下午一點到五點半這段時間沒有任何證人就是了。」

「有買書之類的收據嗎？」

「我只是站著翻閱，雖然有幾本想買的書，可是因爲都很厚，嫌麻煩便忍著沒買，到書店以外的商店也沒有買東西。」

「不論有沒有證人，請詳細說明一點到五點這段時間的行動。」

倉木所言多少有些曖昧不清，但不論是誰都有獨自逛街的經驗啊！

接著是三隅，他從星期四起就向公司請假——

「因爲打算放個短短的暑假，便從星期四起，連請了兩天年假。我很喜歡車，所以星期四便開著愛車從東京出發。」

然後星期四晚上投宿梅田，隔天星期五中午退房，又因爲很久沒回大阪，便繞去聽說改變很多的南船場、堀江一帶，順便看看大阪球場重新開發的狀況，快五點時才前往六甲山。

「什麼啊！原來你還去了堀江，眞想讓你順便看看『Clock Work』！那是我與人合資在南堀江建的咖啡館，可是我的得意之作喔！」

多話的神坂的行程是這樣的——

「我昨天和兩位客戶約好碰面，一位是約早上在鰻谷的公司，另一位則是下午三點在西本町。下午因爲談得比較久，結束時都已經快六點了。之後我便前往梅田，再轉往阪急六甲車站，然後搭計程車飛車趕往『Comfort 六甲』，到的時候已經八點多了。我是與同事一同去洽談公事，結束後與他在地鐵西本町下行出口分手，我記得那時還打電話給三隅，說自己應該八點左右會到……不過，六點以後沒人能證明我的不在場證明，這就有點微妙了——從西本町走到這裡只要五分鐘，如果我繞過來殺死村越再前往梅田，應該能在八點多抵達六甲山吧？」

還特別強調不在場證明這個字眼，足見神坂很有自信，不怕被懷疑。

「這些問題都是要調查我們的不在場證明，對吧？警部大人？——你說呢？有栖川？」

「因爲是殺人事件，只要是相關人士都必須接受調查。」

「那麼也要調查野毛的不在場證明吧！還有沒出席的高山也不能漏掉。」

「別說了！」倉木制止有點不服氣的三隅。「反正在場的三個人都沒有兇案發生時的不在場證明，這樣不是很公平嗎？」

接著又問了幾個關於村越個性的問題後，偵詢便告一段落。警部問了野毛與高山的聯絡方式，並確認三隅今晚會住在梅田的飯店後，便讓他們離開。他們也沒有人要求前往太平間看一下村越的遺體。

神坂走出大樓時，突然轉身悄聲對我說：「你應該會和那位火村教授一起搜查吧！要是警方有什麼發現，可以告訴我一聲嗎？能講的就講，不用勉強。我們被問了那麼多問題，可不是只爲了一句『好了，可以了』。換作是你，你也會很不甘心吧？」

如果能由我決定什麼能說，什麼不能說，倒沒什麼不行的，我爽快應允他。

「謝啦！今晚我們三人要去『Clock Work』聚聚，你也一起來吧！這是店裡的地址和電話。那就萬事拜託了。要約幾點呢？七點？八點？還是九點？」

最後決定晚一點再以電話聯絡。

6

火村再次調查村越的臥房，爲了不妨礙他，我只站在一邊看著。死者畢竟是舊識，情形不太一樣，爲了幫他報仇，我當然會盡力協助搜查，但要涉及隱私，多少還是有些猶豫。

「死者好像不太會整理東西，好幾卷錄影帶的盒子都不見了，賀年卡也沒有整理，到處都堆著裝零食的紙箱。雖然裝著貴重的寶格麗和伯特萊的豬皮製錶盒還在，但保證書已經不見了——還有一堆過期的餐廳優待券。」

「我今晚要和那些人聚會。」我向正看著放在抽屜中的去年記事本的火村說道。

「是嗎？」他回答，右手忙著翻頁。「你很容易讓人打開話匣子，趁機多收集點有利情報吧！我還得出席搜查會議。」

「你還是別太期待吧！他們只是偶爾跟死者通電話，兩年見一次面的交情而已。」

「是嗎？那個特地找死者商量事情的傢伙說不定就在那幾個優等生裡，而且死者也沒有其他比較親密的高中友人。」

「這與命案有關嗎？你的意思是說，商談中被惹惱的某人，一氣之下拿起菸灰缸重擊死者？」

「這起案件屬於衝動型犯罪，也許有此可能。」

「方才那三人都表現得很自然，不像是殺害朋友之後還能裝得若無其事的窮兇惡極之徒。」

「有些人就是聰明反被聰明誤，拚命發揮演技啊！」

「你看得還眞透徹哪！……算了，可能眞的就像你說的吧！」

火村將記事本放回抽屜，取出相本——是那種沖洗店附贈的簡單相本。他翻了好幾頁後，突然停了下來。

「原來村越啓和喬治是一樣的戴法？」

喬治是火村的同事，一位英國籍講師。

「有栖，你知道村越戴手錶時有將錶面轉至手腕內側的習慣嗎？」

就算他從學生時代起就有這種習慣，我也不可能記得。

「從前的女性戴錶時都有這種習慣，因爲比起抬手看錶，輕輕反轉手腕，看起來會比較優雅吧！喬治則是因爲擔心錶面向外會容易被刮傷，村越可能也是基於同樣理由。」火村說完，將相本遞給我。

原來如此，每張照片中的村越都是將錶面朝內。命案現場的那張照片因爲左手被安田和歌奈擋住，所以看不到。

「這又如何？」我問。

副教授回答前，船曳警部跟著有學者氣質的鮫山警部補身後走進來。

「已經和野毛、高山兩位聯絡上了。鮫山現在要過去與他們碰面，兩位呢？」

「請讓我們同行。」火村立刻回答。「他們還不知道發生了什麼事吧？」

「是的。野毛早上才回到位於塚本的自宅，中午喝了罐啤酒就睡著了，高山則是到位於淀屋橋的公司加班。」

高山任職於知名貿易公司。

「此外，我們已確認過村越的銀行帳戶，裡面有兩筆可疑匯款，分別在五月與七月初匯入，金額均爲一百萬日圓，其他款項都是由公司戶頭匯入，只有這兩筆的匯款人不明，似乎事有蹊蹺。」

「怎麼說？」我問道，另一方面則開始揣測答案。

「不，我無法說得很具體，只是覺得有點可疑。」

「有可能是別人還給他的借款之類的嗎？」

「這個嘛，村越的戶頭裡並沒有剛好一百萬日圓的匯出紀錄啊——總而言之，我會清查這筆款項的來源，有任何消息會通知你。」

我的腦海裡浮現村越曾向女秘書提及朋友「有事找他商量」這句話，兩百萬日圓的匯款人會是有事找他商量的人嗎？但我隨即打消這個想法，得將兩、三個情報重新整合才行，不然只是淪於空想的假設。

「那我們出發吧！」鮫山警部補催促。

火村應了聲「好」，步出走廊時，突然又停了下來。

「怎麼了嗎？」警部補顯得有點訝異。

「不好意思，有點事想確認一下。」火村折返現場，站在書櫃前，將雙手上舉，做出祈雨似的動作，令人看得一頭霧水。「我眞是笨啊！剛才要是問一下就好了，竟然完全沒注意到。」

「你在懊悔什麼呢，教授？」

火村比了稍等一下的手勢，走向會客區的其中一個沙發，用單手拉到櫃子前，並對我說：「我會照順序將紙箱搬下來，你幫忙接著。」

不明就裡的我點頭，擺好不論有多重都會好好接住的姿勢，結果每個箱子都沒想像中來得有份量。其中一個只裝了電腦週邊設備的電線。因爲沒想到會那麼輕，我還踉蹌了一下。三個紙箱都搬下來後，火村立刻又說「好了！再搬上去吧」，結束作業後，火村將沙發搬回原處。我問他現在到底是在進行什麼實驗。

「我問秘書關於沙發移動至櫃子前的痕跡時，她不是說那是村越為了拿上面的紙箱，搬來墊腳用的嗎？村越的個子雖然不算高，可是這種高度應該不需要拿東西墊腳吧！」

我還以爲是多重大的疑點，原來只是這樣，不免全身虛脫。

「我有想過這些用手就能搆到的紙箱有可能很重，但實際卻非如此。每個紙箱頂多兩、三公斤重，何必要特地搬東西墊腳呢？」

「我來簡單說明一下。因爲紙箱很重，所以要搬東西墊腳，拿走裡面的東西後，再將變輕的紙箱搬上去，就是這樣。」

「若是如此，那被拿走的東西是什麼？——我覺得應該不是這樣，沙發的拖曳痕跡是到這裡爲止吧？它的正上方是這個紙箱。」箱子上用麥克筆寫著②，「紙箱依數字1到3，從最旁邊照順序排過來。這個2號紙箱是最小的，但是箱底並沒有用膠帶補強，這樣不就無法裝入重物了嗎？」

「這個可以問一下安田小姐。」站在門口的鮫山說。「我會請森下向她確認。」

「那就麻煩了。」

好像太拘泥在小事上了。

警部補去命令森下時，我帶點挖苦地說：「謎之紙箱嗎？而且還藏了很多村越的秘密吧？」

「我沒那麼天眞。想藏起來的東西應該會放在自己房間，沒必要特地在秘書面前拿上拿下的。

——我沒指望會有什麼收穫，只是想解開現場的一些疑點。」

鮫山回來了。我們搭他的車前往位於淀屋橋的帝冠物產，從信濃橋過去只需五分鐘就到了。將來意告知入口警衛，取得出入證，進入大廳搭乘電梯。眞不愧是知名的帝冠物產，以大理石鋪成的地面如鏡子般光亮，還嵌著公司的英文縮寫ＴＫ。這裡似乎沒有週末，來加班的員工竟意外地多。我們與一位散發濃郁香水味的金髮外國女子一同搭乘電梯，前往高山不二雄位於十一樓的辦公室。

「還眞是發生了不得了的事啊！」高山用乾涸的聲音說道。

我們面對面坐在樓層最邊間的小會議室，高山的眉間有一道由兩旁的肉高高堆起的深刻皺紋，彷佛內心有神魔交戰、正苦思不已的文學家。這麼說來，他打從高中起就一直是這種表情（恐怖的臉），到了現在，他的皺紋可能已經深到就算微笑也不會消失了吧！

鮫山先說明了我們的來意與身分，高山也知道我現在成了推理作家的事。

「神坂他們向我提過那個美少女成了推理作家一事，沒想到我們竟然是在這種情況下重逢，眞是遺憾！」

火村聽到美少女這個字眼，右眉不自覺地抽動一下，並沒說什麼。

「這段時間的工作正忙，今天也是從早開會到現在，討論關於大型連鎖家庭餐廳將推出的新甜點菜單，這可能會成爲一張超級王牌，引起轟動。因爲甜點裡使用了大多數日本人絕對沒看過、也沒聽過的水果。」高山用一張嚴肅的臉侃侃而談，也許這樣才能掩飾內心的緊張。

「哦！原來貿易公司也會經手這樣的企畫啊！」鮫山說。

高山的名片上印著：生活產業事業部企畫開發室·課長。

「除了海外的能源開發與大型生產設備的建設外，我們可是什麼都做。各部門的頭銜雖然都很好聽，可是因爲分工的關係，業務分化得很細。」

「你是因爲工作繁忙而不克出席『reunion』嗎？」

高山的雙手在突出的肚皮上交叉。「是的。我雖然很想參加兩年一次的聚會，可是這次眞的排不出時間，半個月前就向籌辦人三隅說過了。」

「每天都加班到很晚嗎？」

「嗯，昨天也是加班到凌晨才回到家。沒辦法，這企畫一定得趕快完成。對了，村越是怎麼死的？我實在不敢相信他竟被人殺害。」

鮫山扶了扶鏡框，重點式地說明經過。高山聽到一半便閉上了眼睛。

「所以才需要偵詢與他親近的友人。你與村越是舊識，請問你們最近一次碰面是什麼時候？」

「大約半年前吧！我有事到他公司附近，所以打電話邀他一起吃晚餐，聊聊天。」

「那時有沒有留下什麼特別的印象呢？」

「並沒有什麼暗示這起事件的談話，也不覺得他有什麼不對勁，兩人大半都是聊工作。」

「有沒有聽他提起與誰之間有什麼糾紛呢？」

「沒有，我沒聽他說過這種事。雖然這起命案很可能是仇殺事件，而非強盜殺人，但我眞的想不起來他那時有什麼不尋常的地方。」

看來可以提早結束偵訊。

「他的工作還順利嗎？」

「他雖然說滿辛苦的，但不像有什麼問題。只是發牢騷說父親留下的龐大債務成了他的桎梏，就是所謂泡沫經濟的後遺症吧！」

「是相當龐大的金額嗎？」

「至少有一億左右吧！我曾建議他將大樓賣了，但是他好像捨不得脫手。因爲手頭緊，生活似乎過得有點拮据，對目前的工作好像也不太滿意，他說過，要是有資金就考慮轉行做買賣。」

「看到其他高中好友如此活躍，他心中一定很焦急吧？」

「我並沒有很活躍啊！」高山謙遜地說，「不過，他或許多少有些焦慮吧！倉木升上研究所的副教授，踏實地朝 Bottom-up 技術的奈米研究之路邁進；神坂因爲咖啡店的設計而成爲業界新銳；三隅也如願地在其專門領域充分發揮實力。不服輸的村越當然會深感扼腕吧！不過他也很同情野毛的遭遇，不，或許是暗自竊喜野毛的失利吧？雖然我們是從學生時代交往至今的好友，但是都不想輸給彼此。」

當優等生還眞累！

「我們稍後也會與野毛先生碰面。」

「是嗎？他平安無事地出席『reunion』了吧？」

「他是有出席……你爲什麼要用『平安無事』這個字眼呢？」

高山順順失去光澤的頭髮。「這種事由我來說好嗎？——其實這禮拜二，野毛有打電話給我，拜託我借他手錶，因爲我們都會佩戴同款手錶參加『reunion』……」

「是帝普洛斯吧？我們已經聽說了。」

「原來如此——他對我說：『我聽三隅說你無法出席，不好意思，能向你借手錶嗎？因爲我的壞了。』我說可以，便約好禮拜三晚上在這附近碰頭，那時他才向我坦承，原來他的手錶不是壞掉，而是拿去典當。他說他無論如何都想出席『reunion』，可是若沒那只帝普洛斯眞的很傷腦筋，所以很感謝我能借他手錶。我們還約好絕不向其他人說，但是對象是警方的話，我想他應該不會生氣吧！」

「野毛先生已經潦倒到必須典當手錶了嗎？」

高山眉間的皺紋又加深了兩釐米。「我實在問不出口『經濟上沒問題嗎？』這種話。他曾擔任過國會議員的秘書。啊，你們也知道啊。他在大學畢業後便進入通產省，一心從政，卻在三年前辭去梅澤佐一郎的秘書一職。他默默地從幫忙提包包、遞毛巾等雜務開始做起，沒想到卻換來這種結果，他曾不平地說，自己的人生眞是愚不可及。我對他說那本來就是黑心充斥的世界，但他卻回我『你根本什麼都不瞭解』。那傢伙是個不適合從政的理想主義者，你們看到他就會明白了。」

「他現在從事什麼工作？」

「他現在是無業遊民。野毛之前在工作上認識的人、好友全因那件事不再與他往來，經濟上、精神上也受到很大的衝擊。他又因爲熱中投資，搞得連存款都沒了，整個人變得厭世，似乎暫時無法振作起來。聽說最近有大學學長向他遊說，準備要進行什麼計畫。」

「原來如此。」鮫山點點頭。「野毛先生就是爲了這項計畫，才無論如何都要出席『reunion』吧！」

「什麼意思？」

聽了野毛向倉木他們請求金援卻斷然被拒的始末，高山不禁嘆了口氣。

「眞是的！與其拜託那些傢伙，爲什麼不來找我商量？倉木的個性硬得跟什麼似的，而且當學者的收入也不是很優渥，神坂最討厭政客與官僚，所以對野毛一向冷淡，三隅則是從以前開始就很小氣了。」高山一臉沉重地說。

看來優等生俱樂部中，就屬他與野毛最親密了。

「他大概是知道我第二個小孩剛出生，又剛買房子，所以不好意思向我開口吧？其實幫個忙又不是什麼多嚴重的大事，這個見外的傢伙！」

趁鮫山暫停詢問的空檔，火村開口：「村越先生有找你商量過什麼事嗎？」

「村越嗎？沒有。」

「聽說是不太愉快的談話。」

「我完全不清楚。找他商量事情的人很可疑嗎？」

「目前沒有證據懷疑該人是否爲兇手，只是想知道談話的內容。還有一件事，村越先生的手錶有什麼特徵嗎？和其他五個人不同的地方，譬如擋風玻璃有刮痕之類的。」

火村又在問手錶的事了。

高山以右手托腮，想了一會兒才說：「我沒仔細端詳過他的手錶，不清楚有沒有刮痕，不過，也許內側錶殼有刻他的姓名縮寫。」

火村眼神丕變，他的反應令我不解。

「是K．M嗎？」

「我是說也許，那是兩年前『reunion』在京都召開時——」

高山戴著內側錶殼刻著自己姓名縮寫F．T的手錶出席。那是他抱著好玩的心態，自己用雕刻刀刻的。其他人看到後的評價呈兩極化，愛錶成癡的神坂責備他亂來，說什麼不會雕刻的人隨手拿雕刻刀塗鴉是極爲野蠻之舉，帝普洛斯這款手錶明明就是爲了讓人欣賞機械運作之美，才將內側錶殼設計成透明的。

「三隅也不予苟同。沒什麼美學意識的他，以『這麼做的話，屆時轉賣的價格就會大幅下降』爲理由責備我。我立即反駁他：『你覺得我會將象徵我們友情的手錶轉賣嗎？』所以他後來就沒說話了。」

相較於反對派的神坂和三隅，村越、倉木和野毛倒覺得挺有趣的。

「這三個都是雙手靈巧的人，尤其村越更是大表贊同，還說：『這是這輩子都不會轉讓給別人的證明，我也來刻個K．M吧！』」

「但是你並不清楚他後來是否真的有刻，對吧？」

「沒錯。我半年前與他碰面時，他是戴著別只手錶，也沒有談到刻名字縮寫的事——這件事有那麼重要嗎？只要調查一下他放在房裡的手錶不就知道了？」

「不見了。」火村撇了一下嘴角。「被兇手從現場帶走了。」

「是強盜嗎？」

「現場沒有遭竊痕跡，而且，如果真是強盜，不可能沒拿走死者身上的現金與信用卡。此外，兇案發生於星期五晚上，屍體很可能星期一才會被發現，歹徒大可利用這段時間將信用卡刷爆。」

「這樣啊，果然是仇殺嗎……」

鮫山向滿面愁容的男人提出令人不甚愉快的要求，請他說明自己在星期五下午四點到八點之間的行蹤。本以爲他都在工作，不在場證明應該很容易確定，但高山的表情仍舊嚴峻。

「兇案現場是在他的公司吧？那我就沒有確切的不在場證明了，因爲我在五點到六點之間曾獨自外出過。」

「去哪裡？」

「我那天中午隨便塞了個麵包當午餐，一到傍晚便覺得非常餓，所以就趁會議的空檔到附近的咖啡店吃點東西，稍微放鬆個一小時。那間咖啡店就在第二個路口南邊一角的大樓地下室，叫『羅莎』。我們公司的人不太會到那裡吃飯，我也很少去，所以我想店員應該無法證明我是幾點到幾點之間在那裡用餐吧！」

「愼重起見，我們還是會過去詢問一下。」

「那就帶張我的相片過去吧！我怕時間一久，他們早就不記得我了。」

他拿出夾在記事本的大頭照借我們，大概是爲了預防要補辦員工證時而準備的吧！

「你們懷疑是我們這夥人中的誰幹的嗎？」

「不，很遺憾，目前的搜查進度陷入膠著。」鮫山靈巧地迴避這個問題。

臨走前，我告訴高山今晚與神坂他們約在堀江的咖啡館碰面一事，他隨即向我要了詳細地址與時間。

7

「羅莎」咖啡店的店員們勉強記得高山曾來店裡用餐，不過就如高山所言，他們無法確定他何時到、何時離開，收據上也沒辦法看出端倪，再加上距離村越大樓只需五分鐘車程的地緣關係，高山的不在場證明終究還是不成立。

回到停在帝冠物產的車上，重整心緒準備前往與野毛約好的地方。在這之前，鮫山不曉得受到火村什麼請託，打了個電話給野毛。

在車上，我主動向副教授說：「這起事件妙就妙在兇手拿走村越的手錶吧！爲什麼是手錶，而不是現金或信用卡呢？那明明只是個擋風玻璃破掉的手錶。」

犯罪學家盯著窗外不發一語。

「以手錶爲犯案目標，怎麼想都不合理啊！又不是收藏家垂涎的珍品，只要盜刷信用卡買一只就有了。更何況，就算將破掉的玻璃修好，又能賣到哪裡呢？——我沒說錯吧？」

「我有在聽，你說的是。」

「這麼一來就得考慮其他的可能性了。譬如兇手在與死者扭打時不小心受傷，血滴在村越的手錶錶盤上，所以兇手才要帶走那只擋風破裂的手錶，你覺得如何？——當然，我知道這個可能性很低，但也不能說全無可能。」

「應該是可能性極低吧！根本不可能。」

「也不能完全否定吧？譬如一滴鼻血落在——」

「你仔細想想，就算鼻血剛好落在擋風破裂的錶盤上，兇手也不需要特地帶走手錶，花時間處理碎片。死者的頭部不是也有出血嗎？如果混入死者的血液，自己的血液就不太可能被警方檢驗出來。」

「原來如此。」坐在駕駛座的鮫山說。「那你覺得是怎麼回事呢？」

「情報不足，尙無法判斷。」

「你的意思是，現在還在調查中，無法推測嗎？——但你一直執著在手錶上，是不是認爲村越的手錶隱藏什麼玄機？」火村沒理我，「我都說出自己的想法了，你的反應也未免太冷淡了吧！」

「啊！」我的腦海突然閃過一段小說情節。「你聽我說，艾勒里・昆恩有部叫作《羅馬帽子之謎》的長篇作品。那是他的出道代表作，他習慣將直指兇手的資料統整，向讀者下戰帖……這種事不重要。我想說的是，這部小說也許能成爲此次案件的解謎之鑰。」

副教授還是望著窗外。「你說說看吧。」

「小說中的殺人事件發生在一條大道上的羅馬劇場，台上演出的戲碼是《槍戰》，氣氛正熱烈時，觀衆席中卻有一名男子遇害。現場有一點很奇怪，那就是死者原本戴著的絹帽不見了，從各種狀況看來，只能推測是被兇手帶走。」

「和這次手錶不見一事頗爲相似呀！」鮫山顯得興趣盎然。

「是啊！這件案子可稱爲『瑞士手錶之謎』，和『羅馬帽子之謎』的搜查疑點，也就是兇手爲何要帶走死者的絹帽一事十分相似。不論是觀衆或演員，都不可能藏匿一頂多出來的帽子，後來終於查明兇手之所以奪去帽子的理由。死者是個缺德的律師，恐嚇過不少人，可是到處都找不到他用來勒索人的把柄，原來就縫在兇手帶走的那頂帽子中。」

「你有什麼想法呢？」火村看著我。「村越啓企圖恐嚇誰，而把柄就藏在那只伯萊特中，遭恐嚇的兇手知悉此事便殺害死者，奪走手錶。」

「就是這樣。」

「可是總覺得……」

駕駛座傳來反駁聲。我將手搭在前座椅背上。

「你覺得說不通嗎？鮫山先生？」

「嗯。雖然還不清楚所謂的把柄是什麼，不過有栖川先生認爲是晶片之類的東西嗎？」

「嗯，是啊！」

「或許眞的有那種東西，但是要藏在那麼高級的手錶中會不會有點勉強呢？它再怎麼說也是很精密的機械，一般人光要打開內側錶蓋就很困難了，更何況得冒著可能弄壞的風險。就算不藏在手錶裡，應該也可以藏在別處。」

「我也有同感。就算那是極微小的晶片，但是特地藏在透明器具內，這一點實在說不通。」火村說。

兩人均不贊成我的說法，但是善體人意的警部補卻改從別的觀點來評斷我的假設。

「但是，關於村越勒索別人這點倒是一個很有趣的看法。警部也說過他的戶頭有來路不明的匯款，我覺得那應該多少與這起命案有關。那兩筆匯款像是開啓了一盞明燈，所謂與高中朋友商談一事，或許就是恐嚇對方，看來有必要仔細清查他這些高中朋友才行。竟然會恐嚇帶著同樣手錶的朋友，村越應該為了金錢而相當苦惱吧！」

的確沒錯，可是──

「以他們的朋友關係，應該不是勒索吧！」我繼續接道，「村越看見他們的成功，應該感到非常焦慮，之所以會使出恐嚇手段，不單只為了金錢，更是對超越自己的對方的一種惡意吧！」

「這倒不無可能。」鮫山喟嘆地說道，「可是用以恐嚇的具體內容是什麼？又是誰被抓住了把柄？是偶然中被找到的嗎？還是……」

「究竟會是什麼呢？」只能附合。

「還有一點值得注意，不論是命案現場的辦公室或緊鄰的臥室，兩者都沒有被搜過的痕跡，也就是說，完全沒有兇手翻找所謂把柄的痕跡。」

「這又是為什麼呢？」

推論就此打住。

在等紅燈時，警方專用的電話響起。鮫山迅速抓起電話，應了好幾聲「是」，燈號一換時，短暫的通話也結束了。

「是海和尙警部打來的。」是船曳。「散布在地毯上的碎屑經初步鑑定，確定爲人工藍寶石。接下來還會做其他分析，不過幾乎能確定該碎屑與帝普洛斯手錶的擋風玻璃一樣。」

火村眼中閃爍著光芒。「在現場破掉的東西果然是手錶。我以此爲前提做了許多假設，現在能確認眞是太好了。」

只見火村豎起食指，輕輕撫唇，這是他思考時的無意識習慣，換句話說，瑞士手錶之謎已經可以解開，推理即將告一段落了。我噤聲不語，以免妨礙他。

渡過淀川，沐浴在盛夏炙陽下的河面水光粼粼。往塚本應該是由淀川大道往右彎，但鮫山卻將方向盤往左打。

不知道是否不想讓鄰居瞧見警察登門拜訪，還是家裡有些凌亂，野毛特地與我們約在大型連鎖家庭餐廳碰面。不久，前方出現了回轉著的熟悉招牌。

我們一走進店內，坐在最內側靠窗、穿著T恤的男人便站了起來。寬闊的前額十分引人注目，他就是野毛。

「一看就知道是有栖川呢！你還眞是一點都沒變啊！渾身散發著 soho 族特有的氣氛。」

什麼樣的氣氛啊？

「我是野毛耕司。不好意思，我目前沒有名片。」

他行了個禮，接過我們的名片，一副畢恭畢敬的樣子。或許是因爲聽到了消息，明明看起來沒有很憔悴，卻給人一股哀傷的感覺。自從因梅澤議員一事而失勢後，他已沒有過去的意氣風發了。

鮫山趁飲料送來前，向野毛說明了事件梗概，也向他提出與高山一樣的問題。野毛的回答與高山並無牴觸。他說自己與村越平常並無往來，也沒找他談過任何事，因此對案件或談話內容均毫無頭緒。

因爲完全沒得到任何有利情報，連冷靜的鮫山也難掩失望神色，但他仍打起精神繼續問：「昨天你抵達『reunion』的集合地點已經七點多了吧？可以請你說明在這之前的行程嗎？」

野毛隨意地用湯匙攪拌咖啡說：「是要調查不在場證明吧？我昨天下午到梅田看了許久沒看的電影。說到這個，最近電影院的椅子坐起來還眞舒服呢！冷氣也很涼快，不過電影卻很無聊，再加上我有點累，便呼呼地睡熟了。兩點睡著，醒來時已經五點多了。腦袋昏昏沉沉的，本來想再小睡一下，想起聚會的事便趕緊跑出電影院，趕往六甲山。」

就算問出片名與電影院名稱，應該也找不到什麼證人吧！

「最近不是鬧得沸沸揚揚的嗎？什麼在電影院睡著，結果錢包被偷走之類的新聞？」我虧他。

「反正我也沒什麼錢可以被偷。」他自我解嘲說。「總之，我沒有下午兩點到五點的不在場證明，但我發誓我絕對沒有做。」

趁鮫山記錄證詞時，我問了一個比較敏感的問題：「你是爲了金援才出席『reunion』的嗎？」

野毛率直地承認：「沒錯。我的大學學長打算利用生物辨識技術來架構全新的保全系統，而且還打算將之事業化，問我要不要幫他，但條件是要出資，所以我才會找以前的朋友商量……不過，現實是很殘酷的，只怪我自己太天眞了。」

我實在不想對他說，你這話難道不會太沒志氣嗎？看來，他得比我花更久的時間才能學會怎麼處世。

「聽說你星期三向高山借了手錶。」

他一臉「眞是敗給你們了！」的無奈表情。「你們是從他那裡聽到的吧？說來丟臉，兩個月前，我連吃飯都有問題，所以就將手錶拿去典當。雖然伯萊特的帝普洛斯是一款不錯的名錶，但知名度不高，也當不了多少錢。因爲這樣，我才向高山借錶，若不戴那個出席『reunion』，眞的很難看。」

「不戴會被大家責備嗎？」

「還不至於啦！但是我需要他們的幫忙才能應急，所以至少不能被大家看扁吧！」

「可是你卻向高山坦白一切……」

「一種信賴感吧！他是個很有人情味的人，畢竟他在永田町一帶以高額學費學會人情世故。」

火村對陷入沉默的我們插話說：「方才鮫山警部補有打電話請你幫忙一件事……」

「手錶是吧？我有帶來。」

鮫山打電話拜託他的事，就是請他帶高山那只帝普洛斯錶來。野毛掏出一個小盒子放在桌上，從裡面拿出那只瑞士手錶。火村愼重地拿起，先翻到背面查看，上面的確刻著F・T的名字縮寫，避開了人工藍寶石的擋風，刻在金屬錶緣上。雖然看得出是生手所為，不過刻得還不差。

「應該不是昨天或今天才刻上去的。」火村喃喃自語，「雖然刻了高山的名字縮寫，但是不脫下手錶根本看不到，所以也無法看到別人的有沒有刻。」

火村接著問：「最初是高山先生刻著好玩，後來還有其他人跟進嗎？」

野毛用湯匙攪拌微溫的咖啡。「村越覺得不錯，倉木也覺得很有趣。可是除了高山以外，我還沒見過其他人刻上名字縮寫，這次的『reunion』上也沒聽說有人刻上去了。」

「那你自己的手錶呢？」

「名字縮寫嗎？沒有。雖然這點子挺有趣的，可是我對自己的手藝沒什麼自信，拿給錶店刻字也很麻煩。」

「聽說神坂先生對刻字一事頗有微詞。」

「沒那麼嚴重啦！他只是吃驚地說：『一個生手居然敢拿雕刻刀刻出這麼難看的字，真令人不敢相信！』他那誇張的樣子真的很滑稽，高山被他罵的時候還笑了出來呢！」

火村輕輕搔著些許少年白的頭髮，這動作配合上野毛拿湯匙攪拌的動作，看起來挺滑稽的。

「能告訴我們你典當手錶的當舖嗎？」

「想確認我有沒有說謊嗎？調查得真徹底啊！當舖在從這裡往西走約兩百公尺的地方——」

野毛連當舖的店名都還記得，而那只賠本典當的帝普洛斯似乎還擺在櫥窗裡。

「可以了嗎？我該說的都說得差不多了。」

「這樣就行了，謝謝你的配合。如果還有想起什麼事，請與我們聯絡。」

鮫山才拿起桌上的帳單，火村的手機便剛好響起。他說了聲「抱歉」便站起來，似乎是森下刑警打來的。火村邊說著「查得怎麼樣了？那個墊腳台的事」，邊走到店外。

只剩我和野毛兩人。

「眞的好久沒見了！」他有點不好意思地笑說。「二十歲在路上遇見高中同學時，會互拍肩膀說『五年不見了』，但是現在三十四歲了，不再是五年不見，而是說『好久不見了』，我和你……有十六年沒見了吧！」

「一點都不覺得過了這麼久呢！」

「嗯，時間眞是不可思議，可以伸縮、反覆地將人玩弄於掌心。鐘錶上的指針以一定的間隔一圈圈地走著，感覺既眞實又虛幻——不過，身體健康比什麼都重要。」

「看來你吃了不少苦啊！」

他垂眼微笑說：「父親常對我說：『要成爲一個因爲做好事而上報的人。』可是我卻因爲壞事而揚名全國，眞的是醜態畢露到了極點。」

「人生總有高低潮嘛！」我只能這麼安慰他。「高山覺得很遺憾，他知道你出席『reunion』是爲了找出資者後，怪你怎麼不先找他商量。」

「他的第二個小孩才剛出生，而且還買了新房子，我怎麼好意思跟他談錢的事呢？」

「神坂他們說了什麼難聽的話嗎？」

「當然有啦！說什麼不要游手好閒地過活之類的。神坂的父親很早就過世了，他是由母親一手帶大，所以他比別人更努力才會爬到今天的地位，他說他不會同情因一時失意而哭喪著臉來見大家的我。倉木也是，雖然研究工作很順利，可是目前正和老婆分居中，離婚應該是早晚的事了！雖然沒有小孩而不用負擔養育費，但是聽說他老婆正準備狠狠敲他一筆贍養費呢！這些都是倉木自己說的。三隅也很辛苦，自己的母親和岳父都生了重病，整天勞心又勞力的。大家都是朋友，也沒什麼好隱瞞的。」

我已經見到三十好幾的男人各自不爲人知的一面了。

「你和我不一樣，你的工作可是賺名氣啊！」

「哪有，只有極少數的人聽過有栖川有栖這個作家。」

「但是你在眞田山高中的同年級間可是擁有非常高的知名度呢！大家都說那個美少女成了推理作家。」

別再提「美少女」這三個字了。

「相信我，這可是我被捲入梅澤事件之前，也就是去年黃金週的同學會上，仔細調查後的結果哦！全拜你那特別的名字之賜啊！」

鮫山正在排隊付帳，火村則在講電話。

「眞的假的！我根本沒收到去年黃金週的同學會通知啊？」

「不是三年級，是二年級的同學會啦！順便幫班導岡井老師慶賀六十大壽。他們就算沒跟你同班過，也有八成的人聽過你的名字哦！還有個女同學說她看過你的小說呢！」

我心中起了小小的漣漪。

「岡井老師也替你加油打氣呢！他說，希望你寫出一本傑作，早日拿到江戶川亂步賞。」

「這些話我領受一半，另一半還你吧！」

「加油吧！——如果無法滿足現狀，就只能加油了！我決定離開政治這條路，找尋下個目標。或許會拿起筆當個反骨詩人吧！」

火村和鮫山陸續回來，說了聲「走吧」。我與老友慢慢地走向門口。

「野毛，今晚大家要在堀江的咖啡館碰面，高山也會去。」

「『reunion』的續攤嗎？想到就累啊！——好啊，我去。順便聊聊村越的事。我大概八點左右會到，告訴我地點吧！」

我寫了地址給他。

在停車場分手時，他向鮫山和火村說：「所有問題我都是據實以答，如果還有什麼事要問，隨時都可以和我聯絡。」

有啊！

我還有個非常私人的問題想問你。

8

彷彿嚴守與來訪者的秘密似地，當舖裡略顯昏暗，就連強烈的夏日陽光也無法完全照射至店舖裡面。看店的是一位頸項如鶴般細長的老人，他的背後是秤量貴重金屬的天秤與剝製的狐狸標本。老人有條不紊地回答鮫山的詢問，看來是因為長期從事買賣交易，已經很習慣與警察應對了。

野毛於五月三十日將帝普洛斯拿來典當，因為是很不錯的貨色，所以老闆很高興地買下了。至於價格，似乎簡單一句話就成交了。

「這只手錶從上個月開始擺在櫥窗裡，就我長年做當店這行的直覺，那位野毛先生一定會再贖回去……結果並沒有哪。」

老人似乎是土生土長的大阪人，「當舖」都說成「當店」。

「可以讓我們看一下那只手錶嗎？」

聽到火村的要求，老闆一聲不吭地站起，打開櫥窗的鎖，取出遞給我們。就如野毛說的，手錶內側沒有刻什麼名字縮寫。

「這只手錶自野毛先生拿來典當後，就一直放在店裡嗎？」

「是啊，上個月之前還收在保險箱裡，後來才擺在櫥窗，但目前還沒有人對它感興趣。」

「不好意思，請問，這只手錶真的沒離開過店裡嗎？」

「真的沒有。」

向老闆道完謝，我們再度回到明亮的陽光下。

雖說是夏天，一到六點半，陽光卻帶著橘紅色，自西邊天空的下方絢爛地照射大地。如果是冬天，夕陽西下前會突然有股寂寥感，但在七月，卻有種又是嶄新一天開始的感覺。

「是要回命案現場還是搜查本部呢？警部人在搜查本部。」

「西警局嗎？過去那裡好了。」

我愣愣地聽著鮫山和火村的對話，腦中漸漸浮現想問野毛的那件事。

「剛才是森下打來的電話嗎？」

「嗯，安田秘書的精神狀況似乎已經恢復大半。」

「那真是太好了——你在意的事已經確認了嗎？」

「得到了很清楚的答案。雖然她的說話方式有點問題，不過也是我自己誤會了。她不是說村越先生將會客處的沙發搬到櫃子前，用它來墊腳搬紙箱嗎？我覺得很奇怪，他明明能用手搆到，爲什麼還要搬東西墊腳呢？原來用沙發墊腳拿紙箱的人是安田和歌奈。」

「這是什麼意思？村越自己搬沙發墊腳拿就可以啦！」

「因爲我們沒問，所以她也沒主動提，其實村越星期三晚上在浴室跌倒，傷到左肩，因爲沒什麼大礙，心想過段時間自然會好，所以沒去看醫生。他是那種因爲忙碌就懶得去醫院，寧願讓傷自己好起來的人。他的客戶也知道他的左肩很痛，還勸他去看醫生，所以安田應該沒有說謊。因爲村越的左手無法舉高，所以才會請秘書幫忙拿櫃子上的紙箱。」

原來是這麼一回事啊！我心裡想著別的事，另一方面又津津有味地聽火村敘述。

「原來如此，這是一經鑑識就能確定眞僞的事實，雖然死者左肩受傷一事經解剖就能查出，但是也許會與扭打時所受的傷混淆。」

「對了，箱子裡放的是防止東西寄送時碰撞毀壞的泡棉。」

「就是那種有一顆顆突起的東西嗎？那還眞的滿輕呢！」

「是啊！但是，不論有多輕，要用一隻手從高處拿下來還是有點不方便吧？所以才會請女秘書幫忙。」

「這麼說來，這件事和命案無關囉！」

「不，倒也不見得。」火村的側臉浮現笑意。

「啊？怎麼說？」

「聽清楚囉！鮫山先生。死者戴錶時有將錶面轉至手腕內側的習慣，或許是怕被刮傷或基於其他理由，再加上命案發生當時，他因爲左肩受傷，左手無法高舉。基於這兩件事實，不就可以推出某個結論了嗎？」

「某個結論……」

「負傷的他就算被人襲擊並與之扭打，也只能用右手反擊、防衛。在左手緊貼身體，手錶錶面又戴在內側的情況下，手錶錶面會撞到桌子而破碎嗎？這怎麼想都不可能。」

「也不能說完全不可能吧！」我本能地反駁，聲音像是剛睡醒不久。

火村轉頭看著我。「有栖，你不是在發呆嗎？眞的有在聽我說話嗎？」

「就算村越左手無法舉起，錶面轉至手腕內側，也無法判斷他是怎麼抵抗的啊！只憑這樣就斷定手錶不可能碰撞到桌子，不會太武斷點了嗎？」

「你的推論挺周密的嘛！不過這確實可以斷定哦！」

「爲什麼？」

「問題不是死者如何抵抗。我在意的是，得刻不容緩地逃走的兇手爲什麼還要用膠帶與吸塵器收拾玻璃碎片，爲什麼要如此大費周章地掩飾死者的手錶破裂一事呢？完全沒有合理的理由，因此可以斷定死者的手錶錶面並沒有破掉。」

「這麼說……」警部補突然出聲。「那些就不是手錶的玻璃碎片囉？」

「不，鑑識結果已經確定那就是藍寶石玻璃的碎片，和帝普洛斯的擋風一模一樣。這是你告訴我的，不是嗎？——我不是說這一點有何矛盾，因爲破掉的其實是兇手戴在手上的帝普洛斯，不是死者的。」

這款帝普洛斯的手錶在市面上也有很多，不好就這樣斷定帶著它造訪村越的就是優等生俱樂部的成員吧？

「之前不是說過爲了那只手錶而強盜殺人的可能性是零嗎？」

火村冷笑一聲。「你爲什麼能確定不會有這種可能性？」

就是可以。「和剛才一樣的邏輯啊！戴著帝普洛斯的竊賊就算手錶的玻璃錶面破了，也沒理由要拚命收拾碎片吧！」

「沒錯，因此兇手收拾碎片就是重點所在，兇手絕對具有迫切且重大的理由。到目前爲止，這起命案的兇手所具有的條件有兩個。第一，兇手戴著帝普洛斯；第二，兇手必須隱瞞擋風玻璃破掉一事。從這兩點便能推出兇手是優等生俱樂部的成員之一。」

「不會再有比這個更令人驚訝的結論了吧！」我故意挖苦道，內心卻不怎麼平靜。雖然至今爲止都在詢問他們的不在場證明，查探他們的動機，但是現在理論上已經證明兇手就在他們之中了。

「兇手之所以要隱瞞擋風玻璃破掉一事，是因爲周遭的人都知道他有一只帝普洛斯吧？火村教授？」鮫山大聲地問。

「沒錯。村越被殺害的現場如果留有疑似兇手的帝普洛斯手錶的玻璃碎片，那麼嫌犯的鎖定範圍就會縮小。兇手想避免這種情形發生，才會拚命地用各種方法清理玻璃碎片。」

「等、等一下。如果眞是這樣，那村越的帝普洛斯呢？」我問。

「被兇手帶走了，代替自己摔壞的手錶。」

「爲什麼？如果只是鏡面的玻璃破掉，兇手大可偷偷拿去修啊！」

「修理也要花時間啊！」警部補難得會這麼大聲說話。「原來如此！兇手一定是參加六甲山聚會的某位成員，但是必須戴著出席的帝普洛斯錶卻壞了，若是戴著錶面破裂的帝普洛斯，或是沒有帶它出席，肯定會引起其他人注意，這麼一來，當村越的屍體被發現，並在命案現場找到帝普洛斯的碎片時，自己就會成爲頭號嫌疑犯，所以才會帶走村越的帝普洛斯！」

「就是這樣。」

「也就是說，兇手現在正戴著村越的手錶囉！而且可能還會因爲錶帶與手腕的尺寸不合而有些鬆垮……」

「這就很難說了。他們六人身高雖然有差，但體型差異不大，還是別對這條線期望太大。」

鮫山聽完後顯得有些失望。

「有栖。」火村直視著我的眼睛，好像有事要拜託我。「你待會兒不是要與他們見面嗎？麻煩你打個電話，請他們每個人都戴上自己的帝普洛斯出席，然後幫我確認一件事。剛才已經看過倉木的手錶了，現在只要確定神坂與三隅的手錶內側是否刻有名字縮寫就好了。我得出席搜查會議，不過你確認過後，隨時可以打電話給我。」

「要看所有人的嗎？」

「是啊。拜託大家同一件事應該比較好開口吧！其實只看神坂的也可以。」

這是什麼意思？

「這樣就能確定兇手是誰嗎？」

「也許吧！」

如果神坂映一帶著刻有K．M的手錶，就能判定他是兇手——火村期待的就是這件事吧！眞是個讓人不愉快的任務。

「我知道了。」

「謝謝。」警部向我道謝。

「不客氣。」

「有栖川先生要在哪裡下車呢？看你方便。」

就算哪裡都行，還是得在往西警局的路上找個地點吧！於是我請他讓我在福島附近下車。

在阪神飯店前面下車後，終於可以一個人了。就連黃昏也是帶著陣陣熱氣，我在熱氣中往梅田方向走了約五分鐘，進到以前曾去過的某間咖啡店。這不是神坂設計的那種喝咖啡兼用餐的地方，只是一間賣咖啡的飲料店。從大樓一樓的窗戶可以清楚看到被暮色籠罩的街景，往來的車輛幾乎全開了車頭燈。

得快點打電話才行。打給神坂時，他剛好回到位於鰻谷的公司，倉木則是與三隅在一起。當我請神坂戴著帝普洛斯出席時，他立即反問爲什麼？我趕緊回答「我也有對三隅他們說」。

「八點在『Clock Work』集合。我已經訂了二樓的ＶＩＰ席。隨時都能點東西吃，你就挑個方便的時間過來吧！大家應該會待得晚一點。」

回答八點過去後，我掛斷電話。

又是一個人了。

如果殺害村越啓的兇手就是優等生俱樂部的成員之一，那會是誰呢？雖然不希望是曾經同班過的神坂和野毛，但腦子就是會不自覺地往那個方向想。然而，我現在也沒有心思檢視火村由墊腳台與玻璃碎片架構而出的推理，滿腦子盡是醒來前作的那個夢——

一個應該已經忘了的女人出現在我面前。

最後一次看到她時，她是十八歲。現在卻用二十多歲或三十多歲的模糊面容出現在我面前，很自然地與我說話。地點是在某處不知名的街角，行人來來往往地穿梭。

——我知道你成爲作家時，眞的好驚訝呢！

我不曉得該怎麼回答。

——我是在書店看到的，一眼就發現了。

該說些什麼呢？

——如果是用筆名可能就不會知道了吧！沒想到你是用眞名呢！

夢中的我，感到非常困惑。

——今後也要努力寫出許多好作品哦！我會幫你加油的。

「謝謝。」我只能勉強擠出這句話。

她看了一眼手錶，「來不及了，我得走了」——她會這麼說吧！我慌了，不要看錶，不要確認什麼時間啊！

——我得走了。

爲什麼？下次不曉得何時才能碰面啊！

——再見囉！

我什麼都還沒說，別那麼快就離開啊！

希望落空，她頭也不回地走向人群，一步、兩步地離我愈來愈遠。這是何時看見的光景呢？

她那無法推測年齡的背影眞的與十七年前不太一樣。

在暑假開始前兩個禮拜的某一天，我趁放學時，將自己在前天寫下的生平第一封情書交給她，只對她說：「希望妳能看一下。」

她沒有驚訝，沒有生氣，也沒有困惑，只是很自然地收下隔壁班男生寫的情書，轉身離去，頭髮上的小小橘色緞帶不停飄動。

她在那一晚企圖割腕自殺，可能是覺得活著太無趣了吧！在她眼裡，我的情書算什麼呢？

那是一段早已遺忘的過去。

這段太過遙遠的往事明明成了可有可無的記憶，但是今天早上，她卻突然出現在我夢中。

我曾想過，她在哪裡？做些什麼？想著哪天她在書店瞥見我的名字時，會不會很驚訝。

她十七歲時的同班同學野毛說過。

——有個女同學說：「我看過他的小說。」

我想問野毛。

那個人是誰？

她現在過得如何？

玻璃杯中，冰咖啡的冰塊已經溶化。

時間流轉，我追趕著。

不只是遙遠的過去，還想著閉塞的現在與不安的未來。

自己能持續這份工作多久呢？

十七年後，我又在哪裡做什麼？想什麼呢？

然後——

「有栖川。」

9

一回過神，店內噪音便不斷向我湧來。

「你剛才是怎麼了？心不在焉的，想什麼事情想得出神啦？又不是魚，總不可能張著眼睛睡著了吧？」

眼前是換了件深藍色襯衫的神坂，可能是為了配合染過的髮色，還繫了一條花色鮮豔的領帶。

「是在想推理小說的創作靈感嗎？作家可眞是二十四小時不打烊呢！」

滿臉痘疤的三隅靈巧地以刀叉吃著以洋蔥調味的炸雞；倉木與野毛則分食用盆子裝的沙拉。

這裡是哪？——「Clock Work」。

沒錯。

由神坂設計，位於南堀江的咖啡館。

我們坐在能夠俯瞰一樓的二樓特等包廂。正因爲是出資者之一的神坂，才有辦法在星期六晚上預約到這種位子吧！這裡的生意眞的很好，往下看，一樓的八十多個位子已經全客滿了。

「Clock Work」，以時鐘爲發想的店名與設計風格皆出自神坂之手，初次踏入店裡的客人都誤以爲自己闖入了時鐘的內部而驚呼連連——巨大的錶冠從牆壁突出，半圓形秤鉈左右迴轉，從天花板垂下的擒縱輪轉著上下往復的發條，在繪有各式精美錶盤的牆上，有著不知在哪裡搖晃的鐘擺影子，透明壓克力做成的長短針在紫外光的照射下散發妖媚光芒，在半空中無聲地轉動，形成了一副不可思議的光景。面向馬路的圓形與長方形的窗戶，似乎也是仿照擋風的樣子，上面有幾條如波浪般延伸至地板的曲線，大概是象徵站在河邊看到的景象吧！店內中央還有個可讓人兩手環抱的傾斜沙漏，裡面的淡紫色沙粒不間斷地流下。

雖然有趣，但是過度華麗的呈現卻令我苦笑。

「我們都被時間束縛，過著貧脊的生活，要如何才能從中掙脫呢？像《逍遙騎士》中的彼得方達，乾脆將手錶丟在路旁嗎？不，我們無法任性而爲的過日子，所以爲了逃離時間的咒縛，我們紛紛尋找令生活多采多姿的方法，譬如大啖美食、與好友或戀人暢談人生等等，這就是我設計這間店的原始構想。在這裡思考就像潛入時間的內心，還可以從時鐘內部觀察世界，這創意夠時尚吧！」大家一就座，神坂便環視著店內，滔滔不絕地爲我們講解。

「你的工作可眞不錯！能如此天馬行空地發揮創意。」倉木苦笑說。

「這是一種童心、哲學與氣氛的融合——這裡還有個巧妙的裝置喔！入口上方的大掛鐘會不定時地突然跑出人偶來，爲了這個裝置，裡面放了一百個人偶，就算來個二次、三次都沒辦法看到所有的人偶呢！」

「乾脆連背景音樂都用時鐘的滴答聲不是更好。」

「我說倉木你啊！眞的是沒有動歪腦筋天分的人。時鐘的滴答聲只會讓客人更緊張啊！一定要用海浪聲或風聲等大自然的聲音來舒緩氣氛才行，這就是造物主的智慧啊！」

瞧他滿臉得意。

「東西挺好吃的，這家店很不錯嘛！」三隅誇讚。「曾耳聞原是傢俱街的南堀江，現在隨著一間間時髦咖啡店的開張，成了年輕人的新天堂，沒想到是這麼有趣呢！」

「其實我原本還想將地下室規畫爲放映短片的迷你電影院呢！不過這點子只好等到北堀江的分店再表現啦！我的靈感可是源源不絕呢！」

在村越出事的這時，實在不該喝酒喧嘩，因此面對神坂的自得意滿，大夥兒也只有默默乾杯。

「我想起第一次寫小說那天的事……」

對我突如其來的發言，周圍四人都愣了一下，只有三隅回應我。

「哦！是嗎？」前劍道社副主將說。「原來你就是想這件事想得出神啊！是什麼時候的事？契機是什麼？」

其實很難啓齒——關於知道她企圖割腕自殺那一晚的事情。

那晚，我像發狂似地寫了一篇小說，藉此拯救自己快要溺斃的心靈。那時寫的是以邏輯支配世界的本格推理小說。

「有栖川，你變得有點怪怪的，你到底怎麼了？」

我對野毛說「沒什麼」，內心其實在說：還不都是因爲你提起同學會的事。

「對了，高山有打電話來，他說十點左右會到。那傢伙還眞忙啊！——火村教授也說他會來，應該也是十點多吧？」三隅說。

「嗯，他是這麼說的，他有話要對大家說。」

神坂大口地喝著黑啤酒。「很難得會遇到推理作家與犯罪學家的組合呢！眞的！……今天還眞是連續體驗了許多第一次。」

他們的左手腕都戴著同一款手錶——紅寶石四周是精密機械的骨架，能看到半月形旋翼的帝普洛斯。

乾杯之後，我找了個機會表示想看看手錶的內側，不知爲何，秀才們沒多說什麼便順應我的要求。野毛向高山借的那只帝普洛斯就像之前在餐廳看到時一樣，內側錶殼刻著姓名縮寫Ｆ．Ｔ，其他三人的手錶則沒有刻字。

這究竟代表什麼意思？結論是無法鎖定兇手嗎？我就算用這個混沌的頭腦也想不出所以然，於是假藉去上廁所，偷偷打電話給火村。

「只有野毛戴的那只手錶有刻Ｆ．Ｔ，其他人的都沒有嗎？神坂也沒有？」

對於火村的謹慎，我只簡短地回他「沒有」兩字，然後他便說雖然搜查會議不曉得會到幾點結束，不過十點左右他會過來這裡。

「確認內側錶蓋的姓名縮寫能知道些什麼呢？」

「電話裡說不清楚，我會過去向那些優等生當面說明的。謝啦！」

謝？這又不是什麼值得感謝的工作，眞是個怪人——他該不會是察覺到我的口氣與平常有異，誤會我是因舊識捲入事件而心痛吧？

才不是這麼回事。我是想起過去的事，記起作品初次付梓的興奮。那時的我心想，從前認識的某人或許會在某處看到我的拙作，也或許，我只有靠著創作小說才能持續傳達自己還活著的訊息。

我眞是昏頭了，居然忘記自己是深愛這份工作的。

「昨天聽到什麼 Bottom-up 技術的奈米科技，那是什麼意思？可以簡單地解釋一下嗎？」

「那麼，就由我這位死腦筋的學者來爲天才設計家解說吧！所謂 Bottom-up 的技術是集合分子組成一個裝置，相反地，Top-down 則是將一個裝置拆解、微小至分子大小的技術。雖然奈米科技是朝這兩方面並進發展，不過，相較於 Top-down 今後發展所能預見的瓶頸，Bottom-up 的技術則蘊含了無限可能性。麻省理工學院的多雷克斯拉發明了一種稱爲『組合程式（assembler）』的模式，便是將分子由——」

明明是爲了討論村越之死而聚會，他們卻都像是刻意避開這個話題，也沒問我搜查有何進展。或許他們正煩惱著不知該如何面對這件事吧？

話說回來，藉由確認內蓋有無刻字這件事，火村掌握了什麼呢？

他似乎很在意神坂的手錶。如果他的手錶內蓋刻有K．M的字樣，便代表那是村越啓的手錶。但是神坂的手錶並沒刻上任何字……

工學博士的奈米技術小講座一結束，隨即換成以三隅爲中心，暢談政經話題。以日美經濟爲開端，話題漸漸移至美國與恐怖攻擊一事。諾姆．喬姆斯基、愛德華．W．薩伊德、安東尼奧．納格利與麥可．哈德等人名漫天飛舞。

「……住在紐約，她說她從布魯克林那邊親眼看到世貿大樓倒塌。」

野毛的話讓我心頭一驚。

兩年前的九月十一日，她在紐約？野毛確實是這麼說的。

秀才們七嘴八舌地說著「好厲害」、「成了歷史見證者」之類的話。

「她爲什麼會在紐約？是去旅遊嗎？」三隅問。

野毛搖搖頭說：「她住在美國，從事畫作買賣，時常往返紐約與東京。剛好去年黃金週到大阪來，於是順便參加了同學會，岡井老師還很感慨地說：『大家都經歷了很多事啊！』」

從事畫作買賣，那就是在畫廊工作囉？我一點也不驚訝她會從事藝術方面的工作。

「就是因爲自殺而鬧得沸沸揚揚的那個女生？」三隅不太確定地問。

「是啊！有趣的是，因爲這件事，班上同學都開始學習表達自我，班上變得很團結，她也很珍惜我們這些同班同學。」

我是第一次聽到。

「那天大家問了她很多在紐約和美國的事，她和美籍日僑結婚，生了三個小孩。雖然也有不少人有許多八卦，終究不敵目擊九一一事件的她來得更具話題性。」

「她還好嗎？老實說，那時我還有點暗戀她呢！所以知道她自殺時眞的嚇了一跳。」神坂問。

「我和你到現在都還是王老五一個嘛！」

「有栖川也是啊！難道沒有什麼美女編輯可以交往嗎？」

終於加入他們的話題了，我故作輕鬆地說：「雖然美女如雲，不過眼光都很高，很難追啊！」

「那就表示你要再加油啊！以成爲擁有百萬本暢銷作品的有錢作家爲目標！讓她們對你說『老師，你好厲害哦』之類的呀！」

「拜託！」三隅指著神坂。「來人啊！把這個無聊男子給攆出去！」

「對了。」野毛看著我，「她有看你的小說哦！你們好像一年級同班吧！她說自己是在成田機場的禮品店看到的，還嚇了一跳呢！」

「是嗎……」

「她說很有趣，不過應該可以寫得更好，請你多加油。」

「哇！嘴巴還眞苛。」神坂整個人往後仰。「好像嫌別人寫得不夠好似的。」

「她倒沒這個意思。不過一想到在紐約也有讀者，還是有點高興吧？」

我點點頭。「真的是很好的鼓勵，讓我湧出了雄心壯志，決定明天開始要努力創作。」

「幹嘛說得這麼誇張啊——」

原本嘻皮笑臉的神坂突然一臉正經。順著他的視線回頭一看，火村就站在那兒。

10

「謝謝你在如此炎熱的夏日夜晚蒞臨本店。火村教授，這邊請。」神坂起身迎接道。

犯罪學家好奇地看著遠處牆上搖晃的鐘擺影子，在我右邊的空位坐下。

「想吃什麼儘管點，別客氣。要先來杯啤酒嗎？」建築家熱情地招待。

「那就不客氣了。」火村接過菜單，迅速瀏覽一遍，點了兩道菜，看來他從早餐之後都還沒吃東西，飲料則要了一杯水。

「其實我原本是想預約那邊的位子。」神坂指著入口處旁邊。「下次來的時候再去坐那裡吧！有些人會比較喜歡靠裡面、安靜點的位子……」

就是我。

「但只有那種鄉巴佬才會想要往裡面坐！像火村教授這種精悍英挺又充滿知性的客人，當然要坐在從外面就能一眼見到的位子啊！如此一來，來往行人更會覺得我們這家店很有味道呢！」神坂拚命吹捧火村。

他的口才還眞是一流，搞不好是因業務所需而鍛練出來的吧！

「還有這種理論啊！這麼說，如果被帶到靠入口的座位，其實也沒必要生氣囉！」

對於倉木所言，神坂點點頭。「就是這麼回事，不過，被帶到那種座位的客人也要夠聰明，才能悟出此番道理。」

「這間店很特別。」火村環視過一樓後說。

神坂得意地說：「謝謝。這次因爲和有栖川再會，又激發了我一個靈感，那就是開一間以《愛麗絲夢遊仙境》爲主題的店，不過得避免陷入老套的設計。」他看著大家說，「譬如可以擺飾以蛋頭小子與嘉夏貓爲造型的東西，嘗試帶點文學風格。店名就叫作『愛麗絲．萊朵』，就像路易斯．凱洛爲了討她歡心，在乘著小船遊河時，對她講述那個遙遠午後的故事的感覺——」

三隅一副「夠了，別再說了」的樣子，舉起右手在神坂面前揮了揮，等火村放下花茶杯盤，囁嚅問道：「對了，搜查會議的結果如何？有何進展嗎？」

氣定神閒的副教授先用餐巾擦拭一下嘴角才說：「有幾件很有意思的搜查報告。如白天所言，這起案件並非爲了金錢，因此殺害村越先生的兇手極有可能爲他的舊識，目前正朝與死者有生意往來，以及其女性關係等方面進行搜查。」

「聽說他有位女秘書。那個女的會不會知道些什麼？畢竟她和村越走得最近。」

三隅不曉得火村也是個老菸槍，表明想抽根菸後便自個兒點起菸。

火村說了聲「請」，自己也抽起駱駝牌香菸，說道：「她已盡力協助我們，當然，警方還是會過濾她的證詞，所以也已經確認過她當天的行程。」

安田和歌奈從岡山參加完法事，於星期五晚上將近十點回到大阪。

「我很在意兇手的殺人動機是什麼，村越被殺總該有個理由吧！當然，我想沒有人天生就該被殺的。」野毛說。

倉木放下筷子問：「我聽說有人找村越商量什麼事，對吧？已經查出那個人是誰了嗎？」

「還不清楚。因爲村越先生的銀行戶頭有可疑的匯款紀錄，因此警方認爲村越先生或許握有某人的把柄並威脅對方，但是目前還沒掌握確切證據。」

「村越脅迫誰，這句話聽起來很可議。而且，我記得火村教授說過，那個人可能是村越學生時代的友人？」

面對三隅的問題，火村很乾脆地答道：「沒錯。尤其是高中時代的友人，也就是說，各位是兇手的最佳人選。」

「你說我們之中有人被他威脅？這種推論可眞大膽啊！之所以這麼想，是有什麼根據嗎？」

「有的。而且還有另一件事實（在犯案時將手上戴的帝普洛斯弄壞，爲了隱瞞這件事而拿走死者的帝普洛斯的人）也指出了兇手是誰——也就是說，兇手就是在座中的其中一位。這並不是在開玩笑。」

一顆炸彈被投至席間。

「都這種時候了，也不會有人想開玩笑。」倉木一臉嚴肅。「你到底是如何得出這種結論？請你說明清楚。」

「沒錯，請你說明清楚。」神坂也附和。「我們不曉得警方懷疑我們到怎麼樣的程度，不過接下來可能得一再被警方約談，反覆回答同樣問題。」

「我想沒這必要，從明天開始，警方只會針對兇手進行反覆偵詢。」

火村又投下第二顆炸彈。他這麼說等於宣稱已經知道兇手是誰了。

這次連我都驚訝不已。「你發現什麼新事實了嗎？」

「沒有，但你在三十分鐘前打來的電話是決定性關鍵。託你的福才能完成推論，鎖定兇手。」

我還是不敢相信。除了高山的手錶以外，其他人的都沒有刻字，從這麼薄弱的情報能夠知道什麼？

「就從『兇手是社會思想研究會的成員』這點開始說明。」

火村指的就是現場遺留帝普洛斯擋風的玻璃碎片一事。村越星期三因為左肩疼痛，手臂無法舉起，因此就算與兇手扭打，習慣將錶面轉至手腕內側的他，手上戴的錶會毀壞的可能性微乎其微，足以顯示散布於地毯上的擋風碎片不是屬於村越的錶，而是兇手那只壞掉的帝普洛斯。

「關於村越的手錶不可能壞掉的這個推論，你不覺得太草率了嗎？又不知道他是採什麼姿勢與兇手扭打。」

倉木提出與我一樣的反駁，但火村仍是一貫的答案

「現場留有兇手使用膠帶與吸塵器清除玻璃碎片的痕跡，如果是死者的手錶壞了，根本毋須如此大費周章。」

「這道理說得通。」野毛點頭贊同。「所以你才認定是兇手的手錶破掉吧！但是你又怎麼確定是帝普洛斯呢？」

「一個小時前出來的鑑識報告已證明這件事，吸塵器的垃圾中確實檢查出微量的同樣碎片。」

「兇手行兇時戴著帝普洛斯，而且鏡面還破掉，這兩點我可以理解。但是你如何根據這點推斷兇手就在我們之中呢？」

「你該不會說，只有一面之緣的兇手與死者碰巧戴同款錶吧？」

「不，或許不是只有一面之緣的人。兇手有可能是與村越有生意往來的人，因爲很喜歡他那只手錶，所以便買了同一款。」

「不可能。」火村斬釘截鐵地否認。

「怎麼說？」

「請先安靜聽我說。帝普洛斯是一款偏重收藏性的高級手錶，並非隨處可買的錶款，因此兇手一發現鏡面玻璃在命案現場破掉後，肯定十分慌張。但是，就算無法將玻璃碎片完全清乾淨，也不會對現狀雪上加霜。而兇手又在一瞬間想起周圍的人都知道自己有一只帝普洛斯，這時他大可將手錶拿到遠一點的鐘錶行修理，換掉已破裂的鏡面，但是他卻做出一個非常奇怪的舉動——我不是說過現場找不到村越先生的帝普洛斯嗎？」

「嗯。」倉木點頭。「你的意思是說，兇手帶走了村越的錶，代替自己壞掉的那只嗎？」

「沒錯。」

「眞的是很奇怪的舉動呢！」神坂歪著頭說。

「一點也不奇怪啊！偷偷拿去修理或買個新的來替換反而危險，所以才拿走遺體的手錶吧？」

「不對，兇手這麼做只會把自己逼入絕境。兇手最想隱瞞的是他有一只帝普洛斯這件事，如果因爲自己的手錶壞了，便拿走死者的帝普洛斯，不就等於宣告自己就是兇手嗎？他應該避免讓警察注意到手錶的事才對。」

「理論上來說，可以理解。」三隅說。

「我繼續說明。兇手拿走村越先生的手錶是非常奇怪的舉動。因爲要將警方的焦點自帝普洛斯轉移有更簡單的方法，只要有點頭腦的人，在那種情況下應該都會想得到。兇手不需要帶走村越先生的手錶，只要拿它碰撞桌角，打破錶面，再戴回死著的左手就可以了。這麼一來，就能說明地毯上爲何會有玻璃碎片了。警方一定會認爲，死者的手錶錶面是與兇手扭打時破掉的，而不會去注意手錶的事。」

「原來如此。」三隅捻熄香菸，「這也說得通。但兇手之所以帶走村越的手錶這件事——」

「是爲了之後能有充裕的時間偷偷修理或是買新的。」

「也就是說，兇手就是案發後想戴著帝普洛斯出席『reunion』的成員囉？這是可以說得通。可是火村教授，如果手錶在參加『reunion』之前壞掉，那就別戴手錶出席就好了啊，找些藉口矇混過去就行，譬如忘了帶、不見了之類的。」

這一點和鮫山在車上與火村討論的一樣。一旦村越的遺體被發現，警方一定也會發覺現場留有帝普洛斯的玻璃碎片，而兇手也無法掩飾自己的手錶有異狀一事，就算日後再偷偷拿去修理也太遲了，因爲他無法抹滅沒有帶手錶出席「reunion」的事實。

神坂將捲髮往上撥。「ＯＫ，到目前爲止的推論都能接受，接下來就要講到重點了吧——我們之中到底是誰殺死了村越呢？各位，鼓起勇氣仔細聆聽吧！」

犯罪學家喝了口水，潤潤喉。「既然兇手是你們其中一位，當然是個腦筋靈光，邏輯能力又強的人，我是以此爲前提繼續推理的。」

「還眞是抬舉我們啊！」三隅苦笑。

「我試著思考在內側錶蓋刻字一事。兩年前，高山先生曾在『reunion』上展示他在手錶上的雕刻，聽說得到兩極化評價。」

「只有我一個人是反對派。倉木、野毛和村越一看到便覺得很有趣，後來連原本不是很認同的三隅也漸漸覺得挺有意思的。」神坂說。

「後來有人也刻了字嗎？」

沒有人舉手。

野毛說：「方才有栖川應該看過了大家的手錶吧！我的話，則是在某個地方看過了。」

他在好友面前似乎很難啓齒說出「當舖」兩字。

「結果刻字的人只有高山嘛！至於村越就不太清楚了。」

神坂這麼一說，火村立即補充說明。

「兇手就在你們之中一事，便足以證明村越先生沒有刻字，不是嗎？因爲在各位手上沒有刻字的帝普洛斯中，有一只就是取自他的左手腕。」

他們不安地看著彼此的手錶。

「等等，火村教授。兇手有可能從哪兒買了一只新的帝普洛斯戴在手上……」三隅說。

「但現場沒有一只看起來像新的。警方只要到鐘錶行調查一下，立刻就能得知今天是否有購買帝普洛斯的可疑人士，不是嗎？所以兇手不可能這麼做。」

火村斷然否定。

「我們進入主題吧！先從最簡單的開始推論如何？首先，社會思想研究會成員之一的高山不二雄先生絕對不是兇手。他受野毛之託，將自己的帝普洛斯借給他。因此，如果他是兇手，手錶就不會在命案現場弄壞，更不用拿走村越身上的手錶——排除第一位。」

火村看向野毛。

「接著是向高山先生借帝普洛斯參加『reunion』的野毛耕司先生，你也不是兇手。爲什麼呢？因爲你現在戴的就是星期三向高山先生借來、背面刻著F．T的帝普洛斯，而且我們也已確認案發當時，你自己的那只手錶是在別的地方，所以排除第二位。」

三隅用力點頭。「原來如此，之所以要看每個人的手錶，就是爲了確認從村越手上拿來的手錶沒有刻字啊！」

「到這裡算是初步消去吧！不過，接下來就很難推論了吧，火村教授？」神坂說。

火村的視線投向三隅。

「接著看看三隅先生的情形吧！他的手錶有沒有刻字，只有他自己知道。可是不管刻字與否，結果都一樣。」

「怎麼說？」我不禁開口問。

「本人都說沒刻字了，便姑且先相信他的說法。如果他那只沒有刻字的手錶在命案現場破了，該怎麼辦呢？對他來說，只要將壞掉的錶和村越先生的換過來就行了。若村越先生的手錶內蓋刻有

K．M的姓名縮寫也沒關係，因爲三隅和樹的縮寫也是K．M，他大可說『那是我刻的』。」

「原來如此……」

「反之，若三隅先生眞的在自己的手錶上刻字，這個推論也同樣也能成立，反正他和村越的姓名縮寫相同，只要將兩人的手錶互換就行，調查焦點也就不會放在帝普洛斯上。我雖然要你調查大家的手錶內側，其實可以略過三隅先生的。」

他吩咐我調查有無刻字時，還低喃說「其實只要調查神坂的就可以了」，原來是這麼回事啊！

「因此三隅和樹先生也不是兇手——排除第三位。」

神坂裝腔作勢地拍手說：「好精采的推理啊！這下就剩我和倉木囉？眞是愈來愈緊張了啊！」

「完全看不出來。」

「不！其實我很膽小的，現在怕得要死。求求你，別讓我先聽到『倉木龍記不是兇手』這句讓人絕望的話，先拿我開刀吧！」

「那照你的意思吧！神坂先生對於在帝普洛斯上刻字感到十分不以爲然，而且平時便很自傲地展現透明的內側錶殼讓同事們欣賞機械運轉之美，因此周遭的人都知道你那只帝普洛斯的內側並沒有刻字。」

「嗯，沒錯。」

「如果你那只帝普洛斯的擋風在命案現場破掉，你會怎麼辦呢？你一定會做一件事，那就是毫不猶豫地將村越先生的手錶換過來，因爲那是沒有刻字的手錶，可以安心地留在現場。」

「可是，如果村越的手錶刻有K．M兩字，那不就完蛋了嗎？而且神坂和三隅不同，他和村越的姓名縮寫不一樣啊！」

「冷靜點，有栖！那是不可能的。因爲現在神坂手上戴的是沒有刻字的帝普洛斯。」

我的腦中一片混亂，得重新思考才行。現在神坂手上所戴的是沒有刻字的手錶。如果這本來就是他的手錶，因爲擋風無異狀，因此他不是兇手。反之，若他從村越手上拿走那只錶，那就表示村越的手錶沒有刻字，因此神坂大可將它與自己的壞錶互換。但是他沒有這麼做，所以也不是兇手。

「已經排除四個人，只剩下倉木先生。」火村面向最後一個人。「你就是兇手。昨天傍晚準備前往六甲山參加『reunion』的你，先繞去村越那裡殺了他，我沒說錯吧？而且你的手錶鏡面在他抵抗時破掉了，那時的你肯定十分慌張，因爲帝普洛斯的特殊玻璃鏡面就算破裂也無法消除裂痕，而且你也無法將自己的錶與死者的交換，爲什麼呢？因爲你的手錶內側刻有T．K的姓名縮寫。」

「可是沒有人看過啊！」

火村否定三隅的話：「是啊！我也沒看過。然而就理論而言，刻字一事是確定的。因爲若是沒刻字，兇手就會將壞掉的手錶留在現場。」

被質問的男人面色變得慘白，只說了句「不敢相信的事居然成了現實」。

火村繼續論罪。「你小心翼翼地擦去指紋，也很謹慎，不讓人看到你曾進出村越大樓，你原本應該不想做這種蠢事的吧——被指爲犯人，你似乎有點慌亂呢！你可能不知道自己到底是哪裡出了錯，我來告訴你吧！當你與村越扭打成一團，手錶撞到桌子使玻璃鏡面碎裂的那一刻起，你就已經窮途末路了。很不可思議吧！雖然你自認這種小細節應該有辦法能妥善處理，其實卻不然。就算你再怎麼絞盡腦汁，還是無法遁逃。如果你的手錶沒有刻上T．K的縮寫，便能與村越先生的手錶互換；或者，臨時不出席聚會，以免讓人看到壞掉的手錶，但是這麼做將無法避免讓好友留下不自然的印象，而且也不符合你向來一板一眼的作風。」

倉木的喉結微微蠕動，發不出聲音。

「將你逼入絕境的就是手錶的工業製品特性。如果手錶不是那麼精密的東西，連一般人也能輕易裝卸擋風的話，你就有逃出生天的機會，因爲你只要將村越那無瑕的擋風玻璃換到自己的手錶上就可以了，如果能在命案現場完成這件事，也許就不會懷疑到社會思想研究會的成員身上了——你一直都不說話，覺得我的推理如何？」

他用嘶啞的聲音勉力回答說：「很有道理……簡直像個惡魔。」

當沉重又痛苦的靜默向下籠罩至衆人頭頂時，店內突然響起鐘聲，出現一個華麗的女聲——

「現在是晚上十點二十七分！」

樓下剎時歡聲雷動，所有人均抬頭看著牆上的大鐘。大鐘下方的門一開，隨即出現穿著奧地利蒂羅爾民族服飾的少女與踩著彩球的小丑人偶，背景音樂換成電音合成的〈拉德斯基進行曲〉，人偶們配合輕快的音樂，開始遊行。

「倉木！」

不知從哪傳來的怒吼聲，讓我嚇了一跳，原來是高山一臉憤怒地站在包廂門口。

「為什麼不反駁？是你殺了村越嗎？」

倉木緩緩別過頭看他，「好久不見啦！你是從什麼時候開始站在那裡的啊？」

高山的怒吼聲幾乎掩蓋了音樂聲。

「已經站在這裡好一陣子了。回答我！是不是你殺了村越？不要迴避我的問題！」

「我……」

倉木的眼神徬徨，彷彿恍神似地。高山一步步走向他，猛地抓起他的衣襟。

「別這樣！」野毛企圖制止。「給他點時間！」

「放手，野毛！這傢伙為何不反駁偵探先生的話？為何一笑置之？這不是很奇怪嗎？好像他真的就是殺死村越的兇手似的。又不是在解數學習題，根本不需要時間考慮啊！如果沒做就否認，真的做了就爽快點認罪！——說啊！」

倉木用力撥開滿臉怒容的高山雙手，然後用怯弱的眼神看向火村。

「你有證據嗎？」

充滿童趣的時鐘秀結束了，熱烈的掌聲隨著進行曲的節奏響起。

「接下來會開始蒐集。就算你拿出事先新買的手錶，警方也會知道那並非你的東西。因爲經常使用的手錶與很少使用的手錶，只要看潤滑油的乾燥狀態便能分辨出來，一般專業的鐘錶師傅都能辦到這一點。就像你所研究的奈米科技一樣，也能發掘出警方用顯微鏡所查不到的事實。」

火村坦白目前尚未掌握確切證據，但倉木仍一臉無精打采。現在的他正被好友們像針般的銳利視線給綁縛。

原來如此，火村連那種情況都早一步想到了，眞是深謀遠慮的傢伙。

「別問什麼有沒有證據！我雖然認爲火村教授的推理從頭至尾都很合理，但你爲何不提出同樣合理的反駁，這不就代表你輸了嗎？」

「喂喂，別亂說啦！神坂。我一直都戴著自己的手錶，沒理由要戴村越那只刻有K・M的帝普洛斯啊！被人家說『因爲手錶沒有刻字，所以你是兇手』，我也很困擾啊！」

「沒錯，就是那樣。」野毛在一旁嘀咕。「雖然我也覺得這事很妙，可是怎麼想都無法擊潰火村教授的推理。這在將棋用語上稱爲『死路』，用西洋棋的術語來形容，就是『checkmate』。我也覺得你就是兇手，雖然光憑他的推理能不能就此定罪還不一定，不過對我而言，這就與鐵證沒兩樣。」

「眞是愚蠢！」

「才不愚蠢！」高山怒斥。「你被這個推理逼入了死胡同，還死皮賴臉地問『有什麼證據』！居然在外人面前表現得這麼難看，眞是丟臉到極點。」

外人是指火村和我吧！有種被菁英意識掃到一記耳光的感覺，倉木似乎也有此感受。

「你踿什麼踿啊，高山？你是將自己當成重視名譽勝過一切的貴族嗎？」

「貴族？哈！能給人這種印象也不錯。但是，現實中的所謂貴族不過是重視血統的愚昧下層知識階級，雖然我們不是什麼富豪或名門之後，可是我們比他們更足以誇耀啊！我們和那些傢伙不一樣的證據就是彼此發誓要不斷提升自我啊！」

倉木露出心虛的表情，「我聽有栖川說了。你現在在忙著策畫連鎖家庭餐廳的新甜點，很了不起嘛！」

「現在的我不是公司的中間管理職，只是一個回到十七歲的毛頭小伙子！你懂嗎？……」高山哀傷地說，向其他成員提議，「將這傢伙除名吧！」

在一片「無異議」的贊成聲中，只有野毛反對——這個被老闆嫁禍的男人。

「等一下！大家可以先聽聽他的解釋嗎？也許他有什麼苦衷——你說呢？倉木。」

大家等著他開口。就在氣氛陷入沉寂時，服務生走了過來，問道「還需要點餐嗎」，神坂回答「不用了」。感覺不對勁的他，立刻像逃難似地快步走開。

過了一會兒，倉木的眼神飄向遠方，幽幽地從出乎意料的事開始說起。

「我被逼著離婚，內人已經離家了——因爲我使用暴力。」

「你說什麼？你居然打你老婆？」

高山一臉愕然。我也不覺得他會是這樣的男人。

「你們不是相戀結婚嗎？」

神坂這麼一說，高山更是咬牙切齒。

「混蛋！我和我老婆雖然是媒妁之言，可是夫妻感情也很好啊！」

「別再說了！」倉木出聲制止他們兩個。「我雖然在研究一毫米的百萬分之一大小東西，卻很難控制自己的情緒。我在精神方面有某部分缺陷，所以才會對她使用暴力，讓她每天都活在悲傷與恐懼之中，於是她的怨恨終於轉為一股力量反擊。我出席了家庭裁判所的調解，也有覺悟自己會被榨取高額贍養費。我知道自己做了不可饒恕的錯事，因爲罪惡感與想要自我懲罰，所以我並不打算爲自己辯解什麼，就算曝屍路旁也無所謂。我沒有說謊，這些全是眞心話。」

「你太太的事和村越有什麼關係？」野毛平靜地問著。

「當然有關係。我被村越抓到了把柄。那傢伙有一次出差到上海與當地頂尖的工程師洽公時，無意間聽聞關西某位年輕研究員私下將奈米晶片的新技術賣給中國企業。他眞是個直覺敏銳、資訊蒐集能力一流的男人，居然能由一些片斷的情報懷疑到我身上。他在掌握了確實證據後聯絡上我，對我說：『這件事一旦公開，你肯定會被開除吧！雖然我握有你的把柄，不過我會將心比心啦！更何況我們是從學生時代起就認識的朋友，所以想跟你商量一件事……』接著便向我提出八百萬的要求。這筆金額不小吧！他似乎想用來做什麼生意。」

「眞的嗎？」高山的口氣十分嚴厲。「先不論他的行徑惡劣與否，村越需錢救急一事我知道。可是你爲什麼要將研究成果賣給中國企業呢？」

「說來話長，只能說我也需要錢吧！」

「別說這種打馬虎眼的話！既然都解釋了，就把話說清楚！」野毛忍不住發飆。

「那我就長話短說了，雖然我知道你們不想聽藉口，但我的確是不知不覺就跌入了巧妙的陷阱……總之我是個出賣研究成果的卑鄙小人。」

「因爲這樣而被村越威脅，一心只求保住工作和名譽嗎？唉……」三隅嘆了口氣說。

原以爲倉木會默默接受責難，沒想到他卻開口反駁了。

「不，不只是求自保。我厭煩了自己的愚蠢，很想乾脆地痛罵他『反正再怎麼樣都會洩露，那就讓一切全毀了吧！相對的，你的骯髒行爲也會被大家知道！』可是，我做不到，也不能這麼做，因爲這樣我就沒錢付給她。」

「她？」高山喘氣似地說，「是指要支付給你太太的贍養費……」

沒想到他的犯罪動機竟是這個。他想守護的不是自己的名譽和地位，而是付給妻子的贍養費。不，那不單只是一筆贍養費，也包含對自己的懲罰吧！村越奪去的並不是老友的錢，而是一個因失去愛妻而痛苦的丈夫自我懲罰的機會。

「最初，我只能答應他的要求，分兩次各匯了一百萬給他。但是後來我已經忍無可忍了。這感覺就像那傢伙伸手探進我老婆的錢包，毫不客氣地搶走她的錢。所以我在參加『reunion』之前先繞去找他，拜託他還我兩百萬，可是他不肯。那傢伙說：『你沒有資格恐嚇我。看看這個，這是你和中國人交易時的照片和密談錄音。不過，這只是拿來和你商量的籌碼，如果我的生意順利，你還可以賺些利息，不是嗎？我也會幫你在三隅和神坂面前爭口氣呀！』

但是，讓我氣憤的是，這樣不就表示我被逼著離婚了嗎？村越眞是太狡猾了，結果我一回神，他就死了。從我驚覺的瞬間到現在，我一直很後悔，也很猶豫要不要自首。可是，我不想讓她成爲殺人犯的妻子。我眞是個可恨的男人，只會讓悽慘、悲傷的她更加痛苦。」

倉木說完，脫下手錶放在桌上，這樣是表示他要退出吧！

高山憤怒地猛捶桌子，內心也許正喟嘆著：爲什麼不找我商量？

「如果時間能倒流，我願意重新改過，眞的是發自內心這麼想。」

神坂發出一聲鼻哼。「倉木，你以爲時間就像河流嗎？眞是幼稚啊！這就是沒有文學素養的表現。有空的話，復習一下描述印地安霍比族的《光陰的累積》和尼采的《永劫回歸》吧！」

倉木微歪著頭看向神坂。「時間不是像河流般由過去流向未來嗎？我現在就像順水而下的一葉扁舟，這是最符合我現在心境的情景。」

「不只這樣！你是三歲小孩嗎？不只是現在，過去也存在於未來之中。一再地重頭來過。」

喀嗒一聲。

「我這個外人先走一步了，我的部分自己付。」

神坂斜睨起身欲離去的火村。「火村教授的部分由我們請客，謝謝你的照顧——眞是抱歉，有栖川。」

我不知道該怎麼回應。

火村轉身走向樓梯。炎熱的夜晚大概正在外面等著吧！

急欲追上去的我，一度停下回頭一望，默默從心中傳了個訊息給野毛。

我今後會繼續創作下去的。

只想跟你說聲，謝謝。

後記

本書是繼國名系列《波斯貓之謎》後，隔了四年發表的短篇集。雖然前一本短篇集混了幾篇番外篇，不過這本《瑞士手錶之謎》卻是不折不扣的本格推理作品。

本書收錄四篇作品。因爲〈另類Y的悲劇〉約一百枚的篇幅，〈瑞士手錶之謎〉則超過兩百枚，雖然比平常所寫的少了點，但都別具風味，仍保有娛樂性。

我雖然照例提筆寫了〈後記〉，不過有件事得請準備開始閱讀的讀者們諒解，因爲接下來會暗示〈另類Y的悲劇〉之眞相，希望您還是先閱讀作品。

※

已讀過〈另類Y的悲劇〉了嗎？這是爲了講談社文庫出版部所企畫的原創選集《Y的悲劇》而創作的。除了收錄這篇拙作外，另收錄〈死者遺留的訊息「Y」〉（篠田眞由美）、〈「Y」的悲劇——顫抖的「Y」字〉（二階堂黎人）、〈等於Y的悲劇〉（法月綸太郎）共四篇作品。

發想此企畫的內藤裕之部長（當時）在邀稿會議上說：「麻煩各位以艾勒里．昆恩的《Y的悲劇》爲名寫篇作品，不需模仿昆恩的創作形式，內容請自由發揮。」

我當初雖然是以「深夜在Y字道路上的失蹤之謎」爲構想，但卻一直想不到什麼好的詭計，後來才改以「死前訊息」爲發端。不過，一開始便說了，這四篇作品都必須以某種形式與Y產生關聯，因此，死前訊息能符合這個前提嗎？因爲有此預感，於是我認爲以「爲何兇手要用Y字型的吉他行兇」的謎題爲重心比較好……可是還是想不出什麼好靈感。

雖然解說自己的作品像是野人獻曝，但是這篇作品所要挑戰的是「可以有多種解釋方法的死前訊息該如何確立其意義」。身爲作者的我，當然會盡可能排除其他解釋，確立其唯一性。

也許推理迷讀過這篇作品後，會質疑說：「將一豎當成最後一劃不是比較合理嗎？而且解釋成瀕死的被害人因爲手無法高舉而寫歪了會比較自然吧！」對此，我虛心接受。因爲即使這麼寫，這個故事還是能夠成立，雖然寫到最後眞的很猶豫，但是我仍無法克制地認爲——要寫那個記號，還是會從一豎先寫。因此，我抱著絕對會有讀者質疑的覺悟，選擇忠於自己。

〈女雕刻家的首級〉是於《小說NON》連載後，收錄至祥傳社文庫《不透明的殺人》的原創選集中。此篇是以本格推理中常見的「沒有首級的屍體」爲題材，雖然被害者不見得非要是雕刻家，不過我個人倒是挺喜歡這一篇。

〈夏洛克的密室〉是一篇由兇手觀點描寫的倒敘作品。自《巴西蝴蝶之謎》之後，國名系列的短篇集總會放進一篇讓人耳目一新的倒敘作品。雖然想在細節上多下點工夫，但爲了契合篇名，仍是以密室手法爲主，又因爲採倒敘方式，內容可能會不夠緊湊。在這篇寫完後，我從報紙上看到那則悲劇似的報導時，感到很驚訝，因此在發行本時，便又將這則新聞給加了進去。

標題作〈瑞士手錶之謎〉是個爲了延續國名系列的作品。我從以前開始就在構想一些「鴿子報時掛鐘的圈套」、「以時鐘爲背景以僞照不在場證明的照片」、「房子裡的時鐘所指的時間全都不同」等謎團，結果最後卻寫了「爲何兇手要帶走死者的手錶」這種樸素的謎團。如同作品中的有栖所說，這與昆恩的《羅馬帽子之謎》類似，但是謎團的確立與推理方式卻完全不一樣。

死前訊息、沒有首級的屍體，還有密室之謎，這些都是直指兇手的詭計。就連推理大師昆恩雖然不常以之進行創作，卻也是瞄準正中央投出一球。因此我希望能讓打者有「沒想到竟然是這樣」的意外揮棒落空之感。

感謝閱讀這本書的諸位讀者。因爲我不會說瑞士語，只好以瑞士官方語言之一的義大利語來表達我的感謝。

Grazie！

二〇〇三・四・九

瑞士手錶之謎 / 有栖川有栖著；楊明綺譯. --
初版. -- 臺北市：小知堂, 2005[民94]
面；　公分. --（有栖川有栖；11）
譯自：スイス時計の謎
ISBN 957-450-442-5（平裝）

861.57　　94020034

知 識 殿 堂 · 知 識 無 限

有栖川有栖 11

瑞士手錶之謎

作　　者　有栖川有栖
譯　　者　楊明綺
發 行 人　孫宏夫
總 編 輯　謝函芳
發 行 所　小知堂文化事業有限公司
地　　址　臺北市康定路62號4樓
電　　話　(02)2389-7013
郵撥帳號　14604907
戶　　名　小知堂文化事業有限公司
法律顧問　永然聯合法律事務所
書店經銷　勳力國際股份有限公司
　　　　　23145 臺北縣泰山鄉楓江路86巷7號
　　　　　Tel：(02)8531-5372 、 8531-5167　Fax：(02)8531-5371
登 記 證　局版臺業字第4735號
發 行 日　2005年12月 初版一刷
售　　價　200元
本書經由博達著作權代理有限公司安排獲得中文版權
原著書名　スイス時計の謎

購書網址：www.wisdombooks.com.tw
本書如有缺頁、破損、裝訂錯誤，請寄回本公司更換。
郵購滿1000元者，免付郵資；未滿1000元者，請付郵資80元。
ISBN 957-450-442-5

有栖川有栖

有栖川有栖